i

为了人与书的相遇

文章自在

张大春

——著

广西师范大学出版社

·桂林·

目　录

序
文章自在

从比较严格的意义上说，我从来没有出版过一本"散文集"，过往纸本媒体通行而发达的时代，绝大部分非虚构的文章随写随刊，手边不留底稿，也不以为这些东西有什么结集保存甚至流传的价值。二〇〇三年之后开始用电脑写作，一键轻敲，百篇庋藏，都在硬碟文档之中，偶尔对屏卷看。不读则已，一读就想改；一改辄不能罢休，几乎除旧布新。也因之暗自庆幸：好在当时没有出书！在我的电脑里，绝大部分的散文稿都集中在一个档名之下："藏天下录"。

这就让我想起一则九百年前改文章的老故事。南宋宰辅晏敦复是大词人晏殊的曾孙、晏几道的侄孙，可见传家文气，累世风流。有一次晏敦复为某一同朝仕宦作墓志铭，作完了拿给另一位词家朱敦儒过目，朱敦儒阅后道："甚妙，但似欠四字，然不敢以告。"晏敦复苦苦相求，朱敦儒才指着文章里的一句"有文集十卷"说："此处欠。"晏敦复又问："欠什么呢？"朱敦儒道："欠'不行于世'四字。"晏敦复明白了，他没有完全依照老朋友的指示修改，仍遵其意，添」"藏丁家"二个字。

朱敦儒改晏敦复的文章，是"修辞立其诚"的用意。即使死者为大，也不应当予以过当的称许。文集十卷固然堪说是"立言"了，然而既未获刊行，便不可借模糊之语谬赞。十卷文集之不得行于世，表示此人的文章尚未获公认，这就涉及作墓志者一言褒贬的文德。晏敦复大约还是不忍道破，遂宛转以"藏于家"来取代"不行于世"；既不失实，也保全了亡者颜面，如此修改，是小文章里的大判断。

然而，我毕竟还是把应该"藏于家"的一部分文字翻检出来，例以示法，针对的是那些和我自己的孩子差不多年纪、一样处境、苦于命题考作文的青少年，只为了说明一个概念，那就是"写文章，不搞作文"。

由考试领导的教育是多方面的。在每一个学科、每一个领域的教学现场，老师们都有不得不逐潮而去、恐后争先、而徒呼负负的感慨。作文当然也是如此。你可以说：本来文章无法，可是一考就考出了拘縶文词之法。你也可以说：本来文章有法，可是真正让文章有妙趣、有神采、有特色、有风格的法，非但不能经由考试鉴别，也不能经由应付考试的练习而培养。

于是学子所能悟者，反而是最恶劣的一种心思，以为写文章就是借巧言、说假话，"修辞败其诚"。其上焉者多背诵一些能够广泛发挥的铭言事典，临考时兵来将挡，水来将也挡；中焉者多援引几句烂熟于胸的俗谚成语，临考时张冠李戴，李冠张也戴；下焉者只好闲话两句，"匆匆不及草书"，顺便问候批改老师："您实在辛苦了！"无论何者，面对考题，只能顺藤摸瓜，捕捉出题人的用意，趋赴而争鸣。国人多以中文系所、复献身教育的先生们会写文章，自然也知道如何教文章。事实却非如此。大部分的教育工作者并不写文章，但是所有的国文科教师都必须随时教作文、考作文、改作文。我们的教育主管当局只好辩称：作文是训练基本表达能力，不是培养专业作家。而我却要说：如果不能以写文章的抱负和期许来锻炼作文，不过就是取法乎下而不知伊于胡底，到头来我们所接收的成果就是一代人感慨下一代人的思想空疏、语言乏味、见识浅薄。

今天自以为身处新时代进步社会的我们每每取喻"八股"二字以讽作文考试。殊不知眼前的考作文还远远不如旧日的考八股——因为八股讲究的义法，还能引发、诱导并锻炼作文章的人操纵文气，离合章句，条陈缕析，辨事知理。而当前的各级升学作文考试，却由于不只一代的大人普遍不会写文章、教文章，而任令中文系所出身的学者，运用文法学、修辞学上极其有限的概念，设局命题，制订评分标准，刻舟求剑，胶柱鼓瑟，更进一步将写文章美好、活泼以及启发思维的趣味完全抹煞。达官显贵一至于贩夫走卒，在这一点上倒是齐头立足皆平等：不会作文章而乃不知如何表达，遂成举国累世之共业。

有文藏于家，时或欠公德。毕竟我眼里还看着：年复一年、有如必要之恶、不得不为之的各种作文考试依旧行之如仪；而举目多有、也只能听任其各申己说，致使作文不断公式化、教条化的补习教育也依旧大兴其道。实难想象：这样的环境和条件，大概除了等待天才如戈多、却永无可期之外，安能启迪造就愿意独立思辨且乐于真诚书写的人们？就一个写了四十多年、自负各体文章无不能应心试手的我来说，是可忍而孰不可忍？即使自私地从一职业作家的角度来说：一代又一代，不能识我之文的人愈来愈多，能够体会我意的人愈来愈少，也着实大不利己。

于是搜箧发篋，检点篇什，编而辑之。在这本书里，除了序文之外，还包括概论三篇，引文三十四篇、例文四十篇，兼收苏洵、鲁迅、胡适、梁实秋、林今开、毛尖等古今诸家文各一篇，以及跋文、附录各一。

小子何莫学夫散文？即使一生尽写一部书，而不行于世，但能博得三数学子青眼，以为比课本讲义教材评量等物有趣，便值得了。是为序。

第一部分

语言美好

我在小学五年级遇到了俞敏之老师。俞老师教国文，也是班导，办公桌就在课室后面，她偶尔会坐在那儿抽没有滤嘴的香烟，夹烟的手指黄黄的。坐在俞老师对面的，是另一位教数学的班导刘美蓉。刘老师在那一年还怀着孕——我对她的记忆不多，似乎总是在俞老师的烟雾中改考卷，以及拿大板子抽打我们的手掌心。

俞老师也打人，不过不用大板子，她的兵器是一根较细的藤条；有的时候抽抽屁股，有的时候抽抽小腿，点到为止。那一年"九年国教"的政策定案，初中联考废止，对我们而言，风中传来的消息就是一句话：比我们高一班的学长们都毋须联考就可以进入"国民中学"了。而俞老师却神色凝重地告诉我们："你们如果掉以轻心，就'下去'了！"

五年级正式开课之前的暑假里，学校还是依往例举办暑修，教习珠算、作文，还有大段时间的体育课。俞老师使用的课本很特别，是一本有如小说的儿童读物，国语日报出版，童书作家苏尚耀写的《好孩子生活周记》。两年以后我考进另一所私立初中，才发现苏尚耀也是一位老师，教的也是国文，长年穿着或深蓝、或土绿的中山装，他也在办公室里抽没有滤嘴的香烟，手指也是黄黄的。

我初见苏老师，是在中学的校长室里。那是我和另一位女同学沈冬获派参加台北市初中生作文比赛。行前，校长指定高年级的国文老师来为我们"指导一下"。苏老师点了一支烟，摘下老花眼镜端端正正插在胸前的口袋里，问了两句话，也一口浙江腔："你们除了读课本，还读些什么书啊？除了写作文，还写过什么东西啊？"

我在那一刻想起了俞老师，想起了《好孩子生活周记》，想起了小学课堂上烟雾缭绕的日子，但是我连一句话都没来得及回答——苏老师没让我们说话——他自己回答了："我想是没有的！"

在校长室里，苏老师并没有提供什么作文功法、修辞秘笈，只是不断地提醒：要多多替校刊写稿子，"写什么都可以，就是不要写作文。"至于我们所关心的比赛，他也只是强调："参加了就是参加了，得名不得名只是运气，不必在意。"

我和沈冬运气不错，拿了个全市第一。至于为什么说"我和沈冬"呢？得名的虽然是我，可是我一直认为，临场慌急匆忙，忘了检查座位，很可能我们调换了号次，错坐彼此的位子。因为我深深相信：自己写的那篇文章实在是烂到不可能拿任何名次的。然而市府和学校毕竟都颁发了奖励，我只能把奖品推让给沈冬，至于注记了我的姓名的奖状，则收了压抽屉。从此我对苏老师那运气之说深信不疑，若非如此，我还实在无法面对窃取他人名誉这件事。

苏老师却从此成为我私心倾慕的偶像。每当我在校园里、走廊上看他抱着课本踽踽独行，就会想起他的话："写什么都可以，就是不要写作文。"话里好像有一种很宏大的鼓励。我的确开始给每月发行的报纸型校刊投稿，每月一篇，一篇稿费十五块钱；有的时候，一个月甚至可以领到三十块。每个月都和我一起领稿费的，是另一位女同学，叫黄庆绮。后来她有了很多笔名，有时候叫童大龙、有时候叫李格弟、有时候叫夏宇——是的，就是那位风格独具而广受各方读者敬重的诗人。据我所知，她也没有代表过任何学校参加作文比赛。

非但写稿写得勤，我还央求父亲多买些东方出版社少年文库的书回来，父亲起初不同意，他认为那都是小学生的读物，字边都还带着注音符号的。我都上中学了，怎么回头看"小人儿书"呢？我说：我要看的那些，都是我的老师写的。

其实不是。他大部分的出版品都是改写故纸之作。从《孔子》到《诸葛亮》，从《班超》到《郑和》，以中国历史名人的传记为主，也有像《东周列国志》、《聊斋志异》或《大明英烈传》之类的古典小说。我曾经非常熟悉的《好孩子生活周记》里那个充满现实小康家庭生活细节与伦理教训的世界不见了，仿佛他从来没有塑造过那样的一家人、那样的一个小学时代。苏老师后来更多的作品，是把无论多长多短的古典材料修剪或补充成一个独立完整的中篇故事，总是以主人翁人格上的特色为核心，洋溢着激励人情志风骨的趣味。

在一篇改编自《聊斋·陆判》的故事里，有这样的段落："朱尔旦立刻跳起来叫着说：'唉呀！我完了！昨晚我冒犯了他，今天他问罪来了！'那判官却从大胡子里发出声音来说：'不，不！昨大承你好意相邀，今晚有空，恃地赴约来的。'"

其中"那判官却从大胡子里发出声音"既俏皮、又惊悚，令人印象深刻。多年以后我对照原文，才知道原本蒲松龄的文字是这样的："判启浓髯微笑曰"。苏老师省略了"微笑"，因为在生动地表现大胡子里发出的声音之后，再去表达微笑，就会显得冗赘；为了微笑而不那样改写的话，又无从承接前述朱尔旦的恐惧之情。

在《大明英烈传》里，也有匠心独具的发明痕迹。原著第七十八回《皇帝庙祭祀先皇》，说刘基（伯温）听见朱元璋咒骂汉代的张良："不能致君为尧舜，又不能保救功臣，使彼死不瞑目，千载遗恨。你又弃职归山，来何意、去何意也？"

原本朱元璋一路大用刘基，常常称许他"吾之相，诚无逾先生"、"吾子房也"，如今指着和尚骂贼秃，其疏贱之心可知，刘基就坚持告病还乡了。可是在苏老师改写的版本里，横空多出一段，描写刘基的老朋友宋濂前来送别，还问他：

"只是你走了以后，我可寂寞呀！你看我应当怎样做呢？"

"你是一个纯良的读书人，工作也很单纯，仍旧做你的官，写你的文章好了。"

这样一段老朋友的际会，非徒不见于《大明英烈传》，亦不见于《明史》，显然是苏老师别有领悟，而刘基对于宋濂的勉励，又何尝不是苏老师对于少年读者的提醒呢？关键字：纯良、单纯、读书、写文章；读书，写文章。

而不是写作文。

但是请容我回头从写作文说起。

除了指斥作文中的缺陷，俞敏之老师教书通常都流露着一种"吉人辞寡"的风度。她平时说话扼要明朗，句短意白，从未卖弄过几十年后非常流行的那些"修辞法则"，也没有倡导过"如何将作文提升到六级分"的诸般公式。印象中，她最常鼓励我们多认识成语，不是为了把成语写进作文，而是因为成语里面常常"藏着故事"。但是一旦骂上了人，话就无消无歇、无休无止、绵绵无绝期了。我甚至觉得：若不是因为在拈出坏作文时可以痛快骂人，她可能根本不愿意上这堂课呢。

有一回我在一篇作文里用了"载欣载奔"的成语，俞老师给划了个大红叉，说："怕人家不知道你读过陶渊明吗？""读过陶渊明就要随手拿人家的东西吗？""人家的东西拿来你家放着你也不看一眼合不合适吗？"

直到我活到了当年俞老师那样的年纪，已经健忘得一塌糊涂，是在什么样的上下文联系之间用了这个成语，已经不能想起。只依稀记得有两个穿着蓑衣在雨中奔跑的农夫——说不定也只是一则简短的看图说故事吧？

但是俞老师足足骂掉我　整节的下课时间，必然有她的道理。她强调的是文言语感和白话语感的融合。同样是"载……载……"我们在使用"载歌载舞"的时候或许不会感到突兀；而用"载欣载奔"形容高兴奔跑，却难掩那雅不可耐的别扭。

五年级下学期的某次月考，俞老师出了个作文题：《放学后》。我得到的等第是"丙"。非但成绩空前地差，在发还作文簿的时候，俞老师还特地用我的那一篇当反面教材，声色俱厉，显得浙江乡音更浓重："第一行跟第二行，意思差个十万八千里，翻什么鬼筋斗啊？"

我的第一行写的是四个字、四个标点符号："打啊！杀啊！"——这当然是指放学之后校车上最常听见的打闹声。之后的第二行，另起一段，第一句如此写道："我是坐校车上下学的……"

俞老师摇晃着我的作文簿，接着再骂："打啊杀啊跟你坐校车有什么关系？文从字顺是什么意思你不懂吗？上面一个字跟下面一个字可以没关系嘛，上面一个词跟下面一个词也可以没关系嘛，上面一句话跟下面一句话也可以没关系嘛，上面一段文章和下面一段文章也可以没关系嘛！"——你已经听出来了，老太太说的是反话！接着，隔了五六个同学，她把作文簿扔过来了，全班同学一时俱回头，都知道是我写的了。他们当然也都立刻明白：俞老师是因为失望而生气的。

"我看你是要下去了！"她说。

从俞老师帐下，一直到高三，前后八年，教过我国文的还有孙砚方老师、陈翠香老师、申伯楷老师、林学礼老师、胡达霄老师、魏开瑜老师；几乎每一位国文老师都当堂朗读过我的作文。那些一时为老师激赏、同学赞叹的东西究竟是些什么东西？我连一句、一字都记不得了，五十年春秋华发到如今，印象深刻的偏只"载欣载奔"和《放学后》那蹩脚的起手式。两番痛切的斥责，则字字灌耳，不敢或忘。想来兴许有些沉重，却在我成为专职写作之人的时候，时刻作用着。无论我日后写什么、也无论使用什么书写工具，时刻在我眼前浮起的，总是米黄色打着绿格子的折页毛边纸，也总是那浓重的浙江腔的提醒："上面一段和下面一段……"

说得雅驯一点，俞老师讲究的就是语感协调、结构严密，但是教人写作，雅驯之言虽简明扼要，却显得空洞、飘忽。我很庆幸，在我求学的过程里，那么些老师里面没有一个教我什么是类叠法，什么是排比法，什么是映衬法。他们只要带着饱满的情感朗诵课文，在上下文相互呼应之际，递出一个心领神会的眼神，就足以让学子体会：什么是语言的美好。

初中毕业前夕，高中联考在即，却由于不大受管束，又浮荡着那种不知道哪天就再也不会踏进校门的惆怅情绪，我们在校园各个角落里寻找着偷看了三年的女生班同学。有的拿出纪念册，要个题款或赠言；有的伺机递上自觉帅气的照片，要求交换留影。我则带着那本珍藏了五年的《好孩子生活周记》，在理化教室旁的楼梯上拦住了苏尚耀老师，请他给签个名。他从中山装胸前的口袋里拔出老花镜戴上，工整地签下了名字。我问他："为什么老师说：'写什么都可以，就是不要写作文'？"

他乍没听清，我又问了一次，他沉吟了一会儿，才说："作文是人家给你出题目；真正写文章，是自己找题目；还不要找人家写的题目。"

我是在那一刻，感觉小学、中学一起毕了业。

文章意思

　　作为一个现代语词，"作文"二字就是练习写文章的意思。

　　练习是一种手段，必须有目的，而且最好是明确的目的。十八岁以下的青少年不得不写作文，目的是在升学考试拿高分、进名校。这个目的相当明确，可是人人没把握，老古人早说了："不愿文章高天下，但愿文章中试官。"谁知道批改作文的试官是怎么看待一篇文章的好坏呢？于是，原本明确的目的变得模糊，练习写文章多少带有试运气的成分，这也是老古人面对考试结果时早就流传的无奈结论："一命二运三风水，四积阴功五读书。"到头来，关于文章本身的意义和价值反而无人闻问，大凡是舍筏登岸、过河拆桥，又是老古人教训过的话："先考功名，再做学问。"

　　面对惶惶不可终日的考生及家长，我总想说：如果把文章和作文根本看成两件事，文章能作得，何愁作文不能取高分呢？以考试取人才是中国人沿袭了一千多年的老制度，以考试拼机会更是这老制度转植增生的余毒，既然不能回避，只能戮力向前，而且非另辟蹊径不可。

说得再明白一点：写文章，不要搞作文。

那么，请容我就几个古人的故事来说说这文章的作法。他们是：洪迈、苏东坡、葛延之。

洪迈是南宋时代的博物学者、文章家，也是一代名臣。他的《夷坚志》、《容斋随笔》至今还是文史学者极为重视的珍贵材料。相传他"幼读书日数千言，一过目辄不忘，博极载籍，虽稗官虞初，释老傍行，靡不涉猎"。这段话里的"稗官虞初"，就是小说杂文——甚至可以看成是与科举作文无关的娱乐文字了。

这样一个人，在他的精力才思、知能智虑迈向巅峰的四十五岁左右，担任起居郎、中书舍人、兼侍读官，日日在学士院待命，替皇帝草拟诏书。有那么一天，也不知道是什么缘故，要草拟的文告特别多，不断有上命递交，自晨过午，已经写了二十多封诏书。

完工之后，他到学士院的小庭园里活动一下筋骨，不期然遇见了一个八十多岁的老人，攀谈之下，发现对方出身京师，为世袭老吏，一向在学士院处理庶务，年轻的时候，还曾经见苏东坡那一代早已作古的知名文士。多年供职下来，如今子孙也承袭了他的职掌，自己已经退休，在院中宿舍清闲养老。

洪迈一听说老人见过大名鼎鼎的苏学士，不觉精神一抖擞，把自己一天之内完成二十多封诏书的成绩显摆一通，老人称赞着说："学士才思敏速，真不多见。"洪迈还不罢休，忍不住得意地问："苏学士想亦不过如此速耳？"他没有想到，老人的答复如此："苏学士敏速亦不过此，但不曾检阅书册。"也就是说：当年苏东坡写文章是不翻阅参考书的。这一则笔记最后说：洪迈听了老人的话之后，为自已的孟浪自喜而惭愧不已。

这故事的教训，难道是说一个文章写得好的人，必须腹笥宽广、博闻强记，把四书五经之语、诸子百家之言，都塞进脑壳，随用随取，才足以言文章吗？看来未必，因为苏东坡自已说过，文章该怎么写，才写得好。

在先前提到的《容斋随笔》以及其他像《梁溪漫志》、《韵语阳秋》、《宋稗类钞》之类的笔记上，还有一则记载，说的是苏东坡被一贬再贬，最后被放逐到海南岛的儋耳。当时，已经名满天下的"苏学士"有一个大粉丝，叫葛延之，是江阴地方人。他听说苏东坡遭到流放，便一路追踪，自乡县所在之地，不远万里而来到儋耳，和他心目中的偶像盘桓了一个月左右。其间，葛延之向大文豪"请作文之法"。苏东坡是这样说的："你看这儋州地方，不过是几百户聚居人家，居民之所需，从市集上都可以取得，可却不能白拿，必然要用一样东西去摄来，然后物资才能为己所用。所谓的'一样东西'，不就是钱吗？作文也是这样的——"

接下来，我们看笔记所载，苏东坡原话是这样说的：

> 天下之事，散在经、子、史中，不可徒使，必得一物以摄之，然后为己用。所谓一物者，意是也。不得钱不可以取物，不得意不可以用事，此作文之要也。

葛延之拜领了教训，把这话写在衣带上。据说，他在那一段居留于儋耳的时日里亲手制作小工艺品作为答谢，那是一项用龟壳打造的小冠，苏东坡收下了，还回赠了一首诗，诗是这么写的：

> 南海神龟三千岁，兆叶朋从生庆喜。
>
> 智能周物不周身，未死人钻七十二。
>
> 谁能用尔作小冠，峋嵝耳孙创其制。
>
> 今君此去宁复来，欲慰相思时整视。

这首诗不见于《东坡集》，依然可见学士风骨，尤其是"智能周物不周身，未死人钻七十二"，这两句话用苏东坡关于作文先立其意的论述来说应该就是全篇根柢，他一定看出葛延之苦学实行，然而未必有什么才华天分，于是以自己为反讽教材，慨叹智虑再高，也未必足以保身；有时甚至正因为露才扬己，反而落得百孔千疮。对于一个憨厚朴实、渴求文采之人而言，这真是深刻的勉励与祝福了。

文章里面该有些什么意思才作得好？此处之求好，毕竟不是为了求取高分，而高分自然寓焉。好文章是从对于天地人事的体会中来；而体会，恰像是一个逛市集的人打从自己口袋里掏出来买东西的钱。如何累积逛市集的资本，可能要远比巴望着他人的口袋实在。

写好玩的

中小学教学现场一直有一个说法（我忍住不用"迷思"二字）：不考作文就没办法教写作文。坦白说：我不相信这一点。因为这个说法无法解释孩子在联考时代到会考时代从来不考玩耍，可是一样爱玩耍；不考滑手机，可是一样爱滑手机。

考作文之"理据"看起来是消极性的——也就是说：当教学手段无法激发学习兴趣的时候，就干脆不去激发兴趣，而是激发学习者"不学习就要倒大楣"的恐惧。目前会考学科之外以作文六级分为录取门槛就是这种手段的极致。

我多年来一向呼吁：要彻底除升学主义之魅可能很艰难，但是要从作文教学扭转八股流毒的取向倒是可以做到的。问题在于实施教育的人有没有办法不以考试领导教学（也就是不以激发恐惧带引学习动机）。

我的脸书之友庄子弘是两年之前参加会考的初中生，他传了私信给我，问我："余秋雨和郭敬明到底怎样？"彼时已无大考小考，一个十五岁的孩子半夜不睡可不只是因为隔日不上课的缘故，他恐怕是真心想印证一下——在他看来"文学造诣可疑"的作家们之浪得虚名或恐会让他睡不着觉吧？

我撑着答了几句，褒贬玩笑如何，也不太记得了，要之在于这位于我堪称陌生的小脸友对写作这件事有兴趣、对写作的价值判断有好奇心、对写作的成就或名声有想法，这些兴趣、好奇、想法或者不成熟，无论如何却是自动自发的。

我邻居的孩子也在今年应考，她是一位小提琴高手，非常注重课业，随时都检讨着自己和同学在学科方面的评比情况——老实说，我总觉得她竞心太强，日后一定很辛苦。可是，有一天，她忽然填了几阕马致远的《天净沙》，要我欣赏。我细读几遍，发现一些平仄声调上的问题，就提供了点意见。我问她："这是学校的功课吗？"她居然说不是，"是自己写好玩的。"

"自己写好玩"，表示别人不一定以为好玩。可是从事教育的人不也经常把"适性量才"挂在嘴边，说是要寻找每个孩子真正的兴趣吗？"真正的"绝对不是"唯一的"或者"最喜欢的"，早在卢梭（Jean-Jacques Rousseau）的论述之中，就已经明白昭告天下人：对于一个少儿来说，真正的兴趣是无穷尽的，只要施教者（或成人）让事物显现其趣味。

庄子弘发文提到他的作文二级分，我无意也没有资格替他争取。可是冲他那一通扰人清梦的留言，我断断乎相信他还保有一种对更繁复的文学世界单纯而执着的兴趣；至于小提琴高手，我也几乎可以断言：她对元曲的兴趣并非来自与同学作课业较劲的动机，而是自然而然感动于、也回应了诗歌音乐性的召唤。

我一再回忆这些孩子青苗初发的文学兴味，其难能可贵，都令我泫然欲泣；因为我知道：再过几个月、也许几年，经历过课堂上随时压迫而来的考试恐惧，再加上种种为了应付考作文而打造出来的修辞教学，他们就再也不会相信文学最初的感动，也不再记得曾经骚动他们的文字。他们终将随俗而化，视融入积极竞争而获致主流社会认可的成功为要务。也就像怀特（E. B. White）在《夏洛的网》（*Charlotte's Web*）中所讽喻的那样：女孩主人翁芬儿（Fern）很快地长大，之后再也听不见动物们的交谈。

我不是要告诉你文学多么美好，我只是要说：考作文杀害了孩子们作文的能力，让一代又一代的下一代只能轻鄙少儿时代多么言不由衷或人云亦云。一切只归因于年长的我们不会教作文。

第二部分

命题与离题

命题有时要直白，有时要隐晦，不一而足。有人在作文之前必须给自己命题，有人在行文之间反复改题，也有人文成之后不知所据何题，随手下个"无题"，也交得了差，或可能无碍于是一篇文从字顺、言之有物而成理的佳作。

从技术面来说，也有不同的立论。有人以为命题必须覆盖全文要旨，有人以为命题只须透露一篇肯綮，还有人觉得随便从文中捡出一句数字，足以识别，也别具神韵。这些见解或习惯，本无是非高下之别。施之于甲篇，或恐从甲论为上；施之于乙篇，或恐从乙论为佳。

可怜的是，学子在应付作文一事的时候，从来没有别样的心思和顾虑，他们一向只能从"命题必须扣合全文要旨"这一个角度去看待文章，所以作起文来，就是牵连几段文字、引录几条铭言、运用几则故事，"顺题就范"、"鞭思到轨"，猜解、追随着命题先生框设在试卷上的题字，来拘絷自己的思想。出题的人就像是主子，作文的人也就成了奴隶。主人若是宽大些，题目显得触机可发，活泼灵动，人们已经称颂不迭，以为难能可贵了。殊不知题目既出，主奴之分已定，把这份课业操持个十年下来，不免感觉俯仰随人，偏偏上了中学之后，正是青少年想要建立自主性的时代，岂不益发厌恶命题作文？

在教学现场，为师者必须设计两种相辅相成的课程：

其一，选佳作名篇数十纸，掩去作者名字并题目，让学子精读数遍之后，另出机杼，代原作命新题，之后再对比于原题讨论损益离合，正反偏侧。这样实施，尽管在精神意义上看来不免唐突古人，可是对于学者掌握篇旨、凝聚思维、萃取文义等各方面的训练（特别是经由广泛的讨论之后），都会有所裨益。

其二，予学子一段议论、故事或情境描述，多不过百数十字，少亦不过百数十字，供其揣摩，尔后发展成一文章，并自订一题目。这种教学练习若能施之于大考，就连命题也可以包括在计分范围之内。若施之于大考会引起不易甄别的争议，则于平日课堂练习时实施。在我看来，让学子既能体会阅读消化的思想，又能操持命题用意的权柄，才是完整的作文功夫。

我有过一个经验，某日整顿数十年前大学用书，见有开明书店旧版《谈美》、《谈文学》、《文艺心理学》等，忽然想起这三本书的作者朱光潜在引进意大利克罗齐（Benedetto Croce）之直观美学理论时，曾有"彼岸意识"一说，是当年我们读书时老师每年都极重视的立论，每见于考古题中。这一段记忆之深刻，让我几乎就把"美学"、"朱光潜"、"直观"这几个词语都划上了等号。当下灵机一动，这不也可以把来写成一篇文字吗？

问题是题目该如何订定？《论彼岸意识》吗？《说说距离美》吗？《总看着远处的风景》吗？《生活在他方》吗？用这几个初拟的语句作引子，我就逐渐捉摸出别样的意思，想要写的"题目"慢慢浮现，居然变成了一段和朱光潜或克罗齐一点儿关系都没有的感怀——"人生之不满足，行处皆有，我们只能作选择，或恐常觉得没有选择的那一处、那一人、那一事、那一境才可爱、才值得，于是只能留下日后无穷的追悔。"

这已经远离了我先前整理老旧书籍时的所感所悟，但是也只有在这几个句子浮现之后，文章似乎才可能真正成形。这时，我给订的题目是《鹦哥与赛鸽》。你看，与原先的发想复相去几何？但是这个题目让人猜不透，猜不透，不就召唤着想看下去的动力吗？更要紧的是，鹦哥也好、赛鸽也好，就是两则精练动人的小故事，破题说事不讲理，便把原先想讲道理的心思按捺住，文章绕进故事里娓娓道来，就显得舒缓多了。

这篇文字的最末，原本是这样一个句子："说得多么透彻。"写完之后，我总觉得欠缺神采；因为扣题太紧，略无舒缓从容之趣。于是又补了一句；评点了一下王国维的联，那是与题目、题旨无关的闲话。我反而想要强调这样的笔墨，建议学写文章的孩子们多加体会。要知道：文章结在该结的地方固是好处，荡开一笔，更有风姿。

例

鹦哥与赛鸽

北宋僧人文莹《玉壶清话》里的一则小故事流传至今，连初中国文课的补充教材都收录了。

故事说的是东南吴地有一大商人段某，养了一只极聪明的鹦鹉，能背诵《心经》、李白诗《宫词》，客人来了，牠还会唤茶，与来者寒暄；主人自然是加意疼惜宠爱。段某忽然犯了事，给关进牢里半年才放回来，一到家，就跑到笼子前问讯："鹦哥！我入狱半年出不来，早晚只是想你，你还好吗？家人还都按时喂养你吗？"鹦哥答道："你给关了几个月就不能忍受，跟我这经年累月地在笼子里的比起来，谁难过呢？"

段某闻听此语，大为感悟，遂道："我会亲自送你回你的旧栖所在的。"果然，段某专程为鹦哥准备了车马，带着牠千里间关，来到秦陇之地，揭开笼子，哭着把鹦哥放了，还祝福道："你现在回到老家了，好自随意罢。"那鹦哥整理了半天羽毛，似有依依不忍骤去之情。

日后吴地商人有从秦陇之间回来，常有给带口信儿的，说这鹦哥总栖息在最接近官道的树上，凡是遇有口操吴音的商人经过，便来到巢外问："客人回乡之后，替我问问：段二郎安好吗？"有时还会吐露悲声："若是见着了，就说鹦哥很想念二郎。"

这故事说的不只是生命对自由的渴望，也是对囚禁的依恋。甚至也可以这么看：对自由的渴望与对囚禁的依恋也许还是一回事。

人生八苦之说俗矣！八苦之中有"爱别离"、"怨憎会"、"求不得"，三语实是一理。大约描摹出为情所苦的滋味：愈是处于分离之际，愈是爱恋难舍；愈是朝夕聚合，愈是易生怨憎；愈是不能尽为吾有，愈是求心炽烈。"围城"或"鸟笼"之作为婚姻之隐喻，钱锺书反复申说，今人也耳熟能详了。而在朱光潜的《文艺心理学》里，曾名之曰"彼岸意识"，谓人身在一境，辄慕他方，总觉得"对岸"的风景殊胜。换用俚语述之，则说"这山望着那山高"，显然不只是视觉的问题。

小说家黄春明有一个常挂在嘴边、却始终未曾写出的故事，说的是一个养了好几笼赛鸽的人，特别衷情而寄望于甲、乙二鸽，日日训练群鸽飞行时也独厚此二禽。唯甲鸽善飞而较温驯，乙鸽亦矫健而较野僻。大赛之日，甲鸽一去便没了踪影，倒是乙鸽比预期的时间早飞回来一两个小时。眼看就要赢取大奖，偏偏主人与这乙鸽的情感不若与甲鸽那样密迩，乙鸽逡寻再四，就是不肯回笼。主人只有一个法子：开枪射杀之，取下脚环，前去领奖。然而若是这样干了，一只可以育种的冠军鸽也就报销了。若不及时取下脚环，这养鸽之人多年来的心血也就白费了。两权之下，他会做出什么决定呢？

黄春明在此岸、观彼岸；至彼岸，又瞷此岸，总觉得另一个结局比较好。既不能决，就多次在公开演讲中揭之以为小说立旨布局之难，却被另一位也写小说的楚卿听了去。楚卿先给写出来了，也发表了——以赛鸽喻之，脚环没取下来，让别的饲主捷足先登了。

人生不可逆，唯择为难。行迹在东，不能复西；王国维"人生过处唯存悔"之句，将"挂一漏万"的懊恼，将 life is elsewhere 的倾慕，说得多么透彻——显得他自己对的落句"知识增时转益疑"反而境界偪仄，落于下乘。

引起动机

"这个世界与我无关。"

受够了世事扰攘、人我纠纷，我们总觉得自己有权利这么说、这么感受、甚至这么生活着。然而不能。我们总会受到陌生人或远方故事的牵动，尽管与自己无关。这个从无关到有关的触动相当微妙，尤其当触动的机关是：这一切应该被看到，应该被写下来，应该有更多人注意……

试想：一个原本与我无关的生命，如何引发我写成一篇文章呢？

通常，作文训练就是按题演绎，小学生如此，中学生也是如此，乃至一生一世为人，皆以为如此。累积许多年经验，往往是拿到了一个题目，顺从其旨意，掌握其范围，连缀字句，铺陈见闻——或许还要添补情感。殊不知大多数的人作文——可能还包含着无奈而讨厌作文——都不是因为脑中字句不够、见识太浅，而是由于这被动。

不过，以下这篇例文恰恰不是这么来的。它的写成，也正好反应了一连串动机的触发，请容我先条列如下：

一、某日早起，不断地在脑中盘旋着《你来》这首合唱曲的旋律。（然而还不构成写作的动机）

二、读网络新闻发现：有好多首我已经哼唱了半辈子的歌——包括先前提到的这首《你来》，居然出自一位独居在德州某老人公寓的女士。（然而还不构成写作的动机）

三、这位女士在一场火灾中受到慈济功德会的照护。（然而还不构成写作的动机）

四、被救助者会不会使用"景仰"两个字去赞美提供人道协助的单位呢？有点可疑，感觉像是救援者借着被救援者表彰自己的功绩劳苦……（好像有那么一点不大安心的感觉来了，这是动机吗？可疑）

五、提供人道协助的单位显然只顾着报导自己的慈善，从头到尾不知道他们所照护的这位女士是许多美好歌曲的作者。（动机有点加强了）

六、这样一位了不起的歌词作者的晚年，似乎走进了自己的歌词里。或者应该这么说：她年轻时写出来的歌，竟然和多年以后自己的处境和心情若合符节。（这种混合了悲哀与奇妙的感伤，的确应该放在一篇文章里表现吧？）

七、写完了这篇文章之后，我自己还要交歌词呢！（这个世界好像还是与我有点关系）

"这个世界与我有关。"

从无关，到有关；一篇文章的动机就是这么产生的。

例

看见八年前的吕佩琳

我大学时代参加系合唱团两年，是无比感人的经验；尤其是唱了好几首郭子究先生所作的歌，才真正体会出合唱的美好。在这些歌里，我最早学唱的两首是《回忆》和《你来》；都是吕佩琳女士作的词。

多年来，与参加过合唱团的朋友说起《回忆》和《你来》，都道是郭子究的歌；郭子究先生桃李遍天下，更是许多知名合唱曲的作曲人。其名显，也就不期然遮掩了吕佩琳的名声。我只知吕佩琳其名，不知其人、也不识其遇。不过，一旦碰上花莲出身的朋友，总不免好奇一问：当年合作了那么多好歌的老人家，而今安在哉？

犹如任何寻常的一天，清晨起来，你常会被某一旋律包围，通常过午未必稍歇。今天环绕着我的，就是《你来》。我终于去网上寻访一下，想知道这位老人家近况如何。

在众多的报导中，与音乐或歌谣完全无关的，是一页二〇〇七年间发行的第七一二期通讯刊物——这是一份由美国德州慈济人编撰刊行的小报《佛法在人间》。其中有一文，标题显是《老人公寓大火——德州志工及时发放送温情》，其中"发放送"三字之中看来重了某一字。

由于我找到的这份通讯仅仅标注着"下"字的后半篇，只有合并其他网海资料检索，发现：二〇〇七年十一月二十六日上午十点半，慈济德州分会邻近的贝尔黎夫（Bellerive），一栋八层楼低收入老人公寓突陷火海，历经消防人员一个多小时的抢救，火势终于扑灭，所幸无人伤亡，却造成两百多名平均年龄七十三岁的老人家暂时无家可归。

这群高龄长辈半数以上为华人，其他包括来自越南、印度、巴基斯坦、非洲、西裔及白人，在休斯顿市政府住屋局（Houston Housing Authority）的安排下入住饭店。

灾后第四天，慈济志工每户给予二百美金的慰问金，一人给了一条毛毯，还分别作了一些采访。当然，目的不外是宣扬慈济营救灾难的功德。至少我还是相当感谢慈济功德会的；毕竟，夹杂在一条条绵延数寸的歌颂与感恩文字之间，我还是看到了吕佩琳的名字。她的英文姓名是 Annie Lu，报导说她"约七十五岁"，独居在公寓的三五号房。曾经居住在花莲三十年，在花莲师范学院任教至退休，而后赴美与儿孙团聚。至于为什么会住在这栋公寓里，报导并未揭露——显然，报导者只想告诉读者：吕佩琳"对花莲有着一份深厚的情感，尤其对慈济更是景仰，无论是精舍，还是花莲慈济医院她都有去过，而当看到这么多慈济人的身影，令她十分感动"。这几句话，应该是编撰《佛法在人间》的慈济人被自己感动的意思大些。

之后，就没有之后了。

无论从年龄、工作背景上看，都像是我心目中那位作《回忆》和《你来》的吕佩琳了罢？希望她到今天还健朗，也知道我们都还在哼唱着她作词的歌曲。

我不知道一位了不起的歌词作者应该有什么样理想的晚年，如果后人忘记了他们，也许不该忘记他们的歌。

逼人的回忆，我有；你来吗？

回忆

春朝一去花乱飞　又是佳节人不归

记得当年杨柳青　长征别离时

连珠泪　和针黹　绣征衣

绣出同心花一朵　忘了问归期

思归期　忆归期　往事多少尽在春闺梦里

往事多少　往事多少在春闺梦里

几度花飞杨柳青　征人何时归

你来

你来　在清晨悄悄地来

当晨曦还未照上楼台

你踏着满园的露水　折下一枝带露的玫瑰

听我向你细诉昨夜的梦　梦中回到故园

故园是遍地落叶与秋风

你来　在午后静静地来

当正午灿烂的阳光　还在树影间徘徊

鸟儿也昏昏欲睡　暂时收起嘹亮歌声

小心呀　不要惊醒牠们

牠们的歌声　添我乡愁重重

你来　黄昏后慢慢地来

当晚霞渐渐隐入幕霭　月光刚刚爬上窗台

我正在窗前等待

你弹起你悠扬的琴弦

那儿时古老曲调　常使我泪流满腮

设问

一般作文章，就是说话让人听。设问则不然，此体要让读者不单是听者，还处于一个发问的地位。屈原《渔父》、枚乘《七发》皆如此。

由于经常要答复一些社群媒体上的来函，或者是演讲场合里的提问，脑海之中，不免会漂浮或激荡出自己原先想过以及没想过的问题，也由于是答客之问，就跟自己读书、阅世、处人之际所思所虑者又有不同，其间参差，正好成为启动文章的关键。

而应对客问时必须转出一个"体察他者之所需"、而非"提供一己之所能"的考虑，是以并非每一个议论题目都能这样写。有些时候，提问比答复更要紧，我就常常被问得猝不及防，发现提问者求知之心比我更加迫切，而他们也往往心有定见，只是找我印证一番，甚或只是想借我的嘴说出他想听的话而已。

一般而言，设问都是虚拟出来的，作者假借有一角色"做球"，令作者便于立题，规范了议论的战场；此设问之"设"的用意所在。写作文的时候，不妨变用这个方式，既可以化身成追问的人，再设计一个答问的人；也可以化身成督问的人，而设计另一人揭问。善用此法之旷世高手就是庄子。在他的书里，提问与被问者千变万化，层出不穷，有老子、有孔子，也有历史上知名的帝王、隐者，也有神话里出没的神仙、术士，还有他自己发明创造出来的角色，将议论一波一波推叠升高，让道理一重一重揭橥明朗，而一问一答的隐性冲突也会让说理这件事有了戏剧性的起伏。

以设问立体之文不常见，原因可能有相当隐晦的层次，比方说：我们并没有、也不大鼓励像庄子那样大胆诘难或推倒学术权威的性格气质——这里面还包含了些许乱以他语、满不在乎的性格，并非正统或主流教育所欲推广。近百年来，国人中小学语文和文学教育之触手独不亲近、追摹庄子之学，恐怕也就源于他那漫衍变化、踪迹难寻的诸般质疑设问，确乎令方正规矩之士穷于应付罢？

以下有两篇例文。

第一篇，就是寻常的答客问，所谓"Q&A"。一般而言，"Q&A"若是即席提问、当场作答，受访者的意见任人处置，也就无从施展作手。但是，电子沟通工具的出现，改变了这种情势。很多时候，访问者根据自己的需要，一次提出五个、十个，甚至更多的问题，受访者如自有作意，是可以打造出文章意思的。

由于"Q&A"看来未必有完整的逻辑，我在回答《作文十问》的时候尽量想办法让前一个问题的答案跟后一个问题像是接卡榫一样地卯在一起，以便读者能够顺畅、流利地串接起我对作文这件事的整体主张。

第二篇例文虽然没有往复辩难，但是刻意用一种看来答非所问的手段，将我关心的意见反套在提问者的疑惑之上，改变了说理的路径。在我看来，设问文章真正的核心技巧，是答问者转移了提问者关心的主旨。

另一方面，我选取了两个不同来源的提问，两个提问者所关心的事不一样，所期待的答案也不同，然而我把他们编成一股，借由一个问题，带出另一个问题，这也是一种摸索推进的技巧，最后，让一句话贯串起两种"对写作抱持的遥远憧憬"。

例 1
作文十问

一、考作文应该吗？

答："应该"是一个武断的词。某甲之视为应然者，某乙不一定视为应然。以考试的功能性来说，凡是对升学或生存竞争有利者，人们多半不会反对。考作文的应然与否，在这个前提之下就转化成考题之平易、活泼、切近生活和锻炼语文能力之精进与否了。我在念高中的时代，见识过一个大学联考的作文试题：《风俗之厚薄，系乎一二人心之所向》。此语源出曾国藩，考后舆论大致认为"略见难度，但是十分具有鉴别学生程度的能力"。

还有一个外交人员特考的作文题：《诵诗三百，授之以政，不达；使于四方，不能专对，虽多亦奚以为？》原文出自《论语·子路》，意思是说人的才学贵在能致用，题文也切合外交专业的志业所需，并不冷僻。试问，这样的题目要是在我们今天所处的环境之中考出来，出题试官岂不要丢饭碗？

一个能虚心累积的文化不怕考任何东西，只有急功近利到不能好奇求知的地步，才会问："为什么要考这个？""为什么要考那个？"对于考作文有焦虑的人或许应该反向思考：其所焦虑者或许不是写作的形式，而是"说话"，只有丧失了语言表达能力的人才不能面对写作文这件事。考，不是问题。字句的组织才是问题。

二、认字的多寡对作文有差别吗？

答：有的。不过不只如此；认字的深浅更切切关乎作文的能力。我们的教育体系一向订有识字程度的量化标准，小学低、中、高年级乃至于初中、高中学生应该认得多少个字，似乎各有定量。然而，几乎没有任何正式教材辅助学生理解字源、语汇、形音义构造变迁的种种原理。

换言之，学生从一翻开书、拿起笔，就是死写死记，到头来，异禀者胜，熟练者佳。但是人们终其一生根本不能认得几个字本身之所以构其形、得其音、成其义的故事。也正因为识字浅薄，用语俗滥，写起文章来，当然不免人云亦云了。看来能写得出几千个字者，在日常层次上能够不写别字、不读讹音、不会错意，已属难能而可贵，但是，这样究竟能不能算是识字呢？很难说。

三、作文里多用成语会比较好吗？

答：成语的沿习，不应该以多用少用为标准，而是以当用不当用为标准。如果是为了"精简文字"、"渲染典雅"、"类比故事"甚至刻意"游戏谐仿"，这都是有动机、有目标地使用成语，自无不可。使用成语的诀窍就是"常行于所当行、止于不可不止"，用得勉强，一如东施效颦，反而弄巧成拙。

四、您个人几岁开始写作文的"启蒙"？

答：小学二年级给《国语日报》写《我最喜欢的水果》。那是一个经由发表来刺激写作动机的活动，我的印象特别深刻。

五、听说您小学到中学都持续参加征文活动，请问参加征文真的有益作文吗？

答：这是一个值得演绎回应的问题。请容我把"征文"两字扩大来发挥。据说：征文，是为了鼓励创作。一般的假设是：得到鼓励的人会更加有兴趣。但是得不到鼓励的人（数量更多）会不会因而退缩而厌恶写作文呢？这是要多想想的。

征文乃是为限量发表而设计的活动，不是直接为普及作文教育而设计的活动。我的体会是：学校、社区或者地方教育行政单位以及关心语文养成教育的媒体应该把"征文"拆解成更多样的发表活动。

以丹麦、北德地区的戏剧学校为例：他们每年举办大型的巡回戏剧节，学生参与、包办一切节内活动（甚至包括饮食、园艺、环境管理）。把"发表"的意义扩散到全面的语文沟通、创意分享和公共服务之中，学生经由长期的浸润，经由表演活动的各个语文接触层面，不只是学会了"写一种作文"，而是学会了几十种功能不同的书面写作，其中当然包括了情节天马行空的虚构的故事、节目单上的广告文案、招徕观众参与活动的逗趣笑话，以迄于社区公园场地申请书。作文不只是制式的说明文、抒情文、叙事文、议论文等寥寥数端，而是更广泛的语言活动。

六、孩子写作文前可以给他们什么练习？

答：说话。父母跟孩子们说话是天经地义的事。我建议看到这一个题目的父母：回想一下自己过往跟孩子们说话时经常论及的主题、经常使用的词汇以及经常遂行的思维逻辑。由于言人人殊，没有可资比长较短的标准；但是总地说来，如果父母想要帮助孩子、使他们在写作文的时候少些痛苦、多些愉悦，而且从很小的时候就能体会"准确表达思维、感受"的重要性，就不得不经常地跟孩子们进行广泛的对话。让他们尽可能不要暴露在恶质谈话内容的环境之中（如观看电视政论与八卦节目），总之，父母要为孩子打造丰富而深刻的语言环境。

七、对您个人而言，对写作文最有帮助的事情是什么？

答：选择性地阅读以及造句练习。名家名作似乎是人人有机会接触的，毋须我多费唇舌介绍。造句练习则是很值得有心的父母带着孩子一起从事的游戏。父母可以让孩子把一句话铺衍成三句话、五句话、八句话，也可以请孩子将一大段话浓缩成几句话甚至一句话来表达。老师更可以在作文课上要求孩子用五十个字、一百个字甚或三百个字来发挥一个题目，也可以将现成的一篇名家名作缩写成几十个字、甚至几句话。能够长短自如地操控语言，才能够掌握精炼的文字；而操控语言的核心课题是思考，是明白自己的意思。

八、对您个人而言，对写作文最有伤害的事情是什么？

答：不经思索地说话，以及经常听那些不经思索而发表的谈话。

九、写作文最痛苦的是构思，请问您有什么建议？

答：一个题目出现在眼前，它的每一个字与另一个字有着各式各样的关联。我们往往会从题目中的关键字着眼。比方说前文提到的《风俗之厚薄，系乎一二人心之所向》——风俗明明是长时间里多数人形成的共识，为什么会维系于"一二人"的心态或意志呢？那么，这"一二人"想必是有非常大的影响力的人。应题作文者自然得举出他所见所闻、所知所识之人，来印证这个论述。以"一二人"而能形成长时间多数人的共识，那又会是一个怎样的时代呢？再或者，当大多数人长时间都服膺于"一二人"心之所向，这会不会是一个百花齐放、诸子争鸣的时代呢？又或者，当"一二人"对于长时间大多数人的共识有着决定性的影响力的时候，这"一二人"是不是应该比大多数人更加临渊履薄、戒慎恐惧呢？更或者，"一二人"心之所向，会不会也是由于更古老悠久的风俗所影响而形成的呢？所谓"构思"不是发明，而是根据已有的寥寥数语，铺垫出写文章的人自己的感情和见识。

十、如果面对一个害怕作文的人，您会给他什么建议？

答：不怕、不怕！没有人能检查你的思想，因为你本来就可以胡说八道！

例 2
我辈的虚荣

前月赴上海参加一场讲座，听众之中有一对夫妻，带着他们十一岁的女儿，当场问了我几个问题。其中最令我印象深刻的是那父亲指着女儿、无限怜惜地说："她看很多文学方面的书，很喜欢写作，而且很希望能走上这一行，你能给这孩子一些有用的建议吗？"

我迟疑了片刻，当下想起一桩往事。整整两年以前，在我目前已经关闭的博客里，接到过一则留言。由于留言者并没有引述我早先说过什么话，而引发了他的感慨，是以我只能猜测：在过往不知几何的岁月里，我曾经不大温柔敦厚地劝人——尤其是比我年轻的人——不要再荒废生命于追求"写作事业之成功"。这位留言者大约是以"尚未出书"与"已经出书"作为分野，似乎极有感触。当我为了关闭博客而整理了八百多篇应答文字的时候，在这里停了下来。留言如此：

> 对于已经进入出版世界的人，也许一切成功都是应然，或者想起几十年前的第一次，都是喜悦与"就是该我"的回

忆。对于无法出版的外行者，那些始终尝试，还对此领域保持希望的无运者，是否应该更温柔敦厚，正如你的启发者对你呢？

我当时的回答是：你所谓的"始终尝试，对此领域（文学创作以及出版）保持希望的无运者"是将所有未获机会出版以及出版后市场反应不佳的人都归之于"无运"吗？

我的看法很简单：写作是和陌生人沟通的事业，不能在市场上立足，固然不能就此断然指责作者之能力、思想和技巧；但是一个"始终尝试"的人若始终失败，不能单归咎于运气，还得想想自己是否错抱了希望。及早对自己的能力和渴望作务实的评估，就不至于贻误自己的青春和生活。这样建议，有什么不够温柔敦厚的呢？

我看不少在公开讲座或者开班授徒的知名作者不时以呴呴之口，谆谆之言，呟喝青年们把笔写作，似乎人人皆可为此业之豪杰。但是，高悬名利双收之胡萝卜，而所敷设者多属梦幻泡影，不过是膨脝了这个行业的虚荣。更何况出版了几部书之后，才发现自己入错了行的作者也所在多有，岂能概谓"进入出版世界"即算成功？又假设这"成功"竟是"应然"？

我反而宁可随时提醒自己和我的同行：是否还有比写作更值得追求的人生？写作的目的之一恐怕也正是如此。请容许我实实在在地告诉你：对我在这一行里最有用的启发，就是不断质疑我作为一个作家的能力和动机。

站在讲台上、面对充满期待的父母的那一刻，我说不出这么不

"温柔敦厚"的大道理，也着实找不出任何一组像样的语词来勉励一个十一岁的陌生女孩　　我的直觉是：容或她根本不需要任何鼓励和劝勉呢！

　　我迟疑了，忘记所有曾经受之于本行前辈的伟大教训，读书、生活、感受、同情……我战战兢兢地回到写作的起点：当我还在念小学的时候，用毛笔写了一篇篇幅很长的、自由命题的作文。老师当堂读给班上的同学听，同学一致鼓掌说我将来会当作家。年少的我很乐，年长的我想起了那份乐来，也想起两年前答复博客来客质问的两句话："梦幻泡影，不过是膨脖了这个行业的虚荣。"

　　"请孩子留心这行业所带来的虚荣。"我回答。

八股是猜谜

我的姑父欧阳中石先生身份多重，是京剧奚派老生的宗师，也是书法家，另专治先秦名学。他和汪曾祺先生订交数十年，对于八股，两人都无法一言以蔽之地抨击或推崇。数百年以来士子消磨心力，终不能以文章经世济民；然而一旦废除科举制艺，看来也颇令老辈感到斯文沦丧。他们合作过一部京剧《范进中举》，虽然追随着吴敬梓的嘲噱，讽刺了科场中人的面目，可是二老都知道：没有八股，人们还真不知道怎么学文章、怎么教文章呢！

我们人云亦云地痛斥八股为"食古不化"、"墨守成规"、"拘泥形式"、"陈腔滥调"……多了。凡是看不上眼的老家伙、老物件、老想法、老价值，都可以称之曰："八股！"由于污名深刻，人人厌之恶之，即使是成天写着八股文的现当代文人也不愿意、甚至不知道自己的八股很八股，而真正的八股却没人会作。

当然，我也不想教会人写八股，我只想提出一个假设：如果我们真能明白"八股文就是猜谜"这个简单的道理，并且有本事制作一个谜题，也就会写好文章了。

"八股文就是猜谜"是一个反向思考的方式。有一个很好的例子，请容我细细道来。

苏东坡有一篇《潮州韩文公庙碑》，赞的是韩愈，文章开篇劈头就说：

> 匹夫而为百世师，一言而为天下法。是皆有以参天地之化，关盛衰之运。

这一段话，翻成今天的白话文，大约是这样的："一个平凡人却能够成为百世的师表，他所说的一句话却可以供天下人揣摩学习，这是因为这人参与了天地的化育，关乎人类社会的盛衰。"姑且不论这话的推崇是不是过分，至少前两句扣紧了韩愈著名的文章《师说》而立论。我们先记住这两句："匹夫而为百世师，一言而为天下法。"

回到先前说的八股文。有那么一篇知名的八股文，题目就两个字：《子曰》。至于孔子说了什么？恐怕连考官也不知道。考官就是拿这半句来刁人而已。

尽人皆知，科举考试，绝大多数的考题都刁钻欺人、割裂文义，这《子曰》还不算是最莫名其妙的。不过，八股文开篇有规矩，必须先"破题"——也就是考生得代考官解释、甚至发明这"子曰"二字的意思，而这两个字又断断乎不能解作"孔子说"。的确有那么一篇文章，所解的，正是"子曰"，被视为经典破题之例，作者写的是："匹夫而为天下师，一言而为百世法。"一眼可以看得出来，正是从苏东坡的《潮州韩文公庙碑》开篇两句而来。

作者不能不偷换了前引苏东坡原文中的"天下"和"百世"二词；因为如果不换，就成了抄袭。一旦偷换，而以前一句（匹夫而为天下师）解释"子"（孔子），后一句（一言而为百世法）解释"曰"（孔子的教训话语），题目这两个字便分别有了着落，而不像是未完成的半句话。

我举这个例子就是要说明：一般说来，真正的好文章不会是他人命题、你写作而成就的。但凡是他人命题，就只好换一副思维，把自己的文章当作谜面，把他人的题目当作谜底。你周折兜转，就是不说破那题目的字面，可是文章写完，人们就猜得出、也明白了题目。

还有一个例子，说明真正会写文章的人还能够把他人所命之题翻转扭曲，成就自己的创制，这就更神奇了。明嘉靖三十一年应天乡试，首场题目是《君子不可小知而可大受也》，这话出自《论语·卫灵公》，意思是说：君子不可以用小事情考验他，却可以接受重大任务。一般人解"不可小知"，只随题说去，不外说：君子不孜孜矻矻于细务小节。可是这一年拔取解元的江西士子孙溥却语出惊人，如此大开大阖地写道："故以一事之尽善，而谓其为君子焉，吾意君子不如是之隘也；以一事之未尽善，而谓其非君子焉，吾意君子不如是之浅也，果可以小知乎哉？"这番论证，非但不拘泥于题目的本义惯解，也引伸、开阔了题目的境界。作者让"小知"不再停滞于解经学者穷究"何谓小知？"、"何谓大受？"的肤廓，而将论辩导入更活泼、也更深刻的层次。

谁出题？答案是作文章的人出题。出题还不简单吗？第二篇例文，写于某年春季，每年是时，看不见的花粉弥漫天地，我们一家四口随时都在此起彼落地打喷嚏。我忽然发想：这么简单的一个举动，能写成一篇文章吗？

这想法搁了一整年，直到第二年又打起喷嚏来，偏偏又手边正捧着郁达夫的《蜃楼》细读，发现那作者化身的主人翁也在打喷嚏，不免豁然一悟：在郁达夫那里，喷嚏不但不是人生琐事，还是小说情节和感情上的重大伏笔，岂能不作成一篇文章？

例 1

我如今才不怕你，我要考你

我的姑父欧阳中石先生是奚（啸伯）派老生传人，手边珍藏了一本改编自《儒林外史》的京剧剧本《范进中举》。作者是他的老朋友、散文及小说家汪曾祺。著作时间已经是上个世纪的六〇年代初了。姑父把这剧本送给了我，我老想着怎么能把它搬上戏台。于是时时展卷细读，还颇读出一些滋味。

最后一场《发疯》里有这么一个段子：主人翁范进得知捷报，中了乡试第七名亚元，一时乐得失心疯，唱道：

　　　　中了中了真中了，你比我低来我比你高。中了中了真中了，我身穿一领大红袍。我摆也么摆、摇也么摇，上了金鳌玉蝀桥。

让我们先体会一下范进的心情——此公时年已经五十四岁，应童子试入场二十余回，好容易在恩师周进的慧眼识拔之下取得秀才的资格，如今中了举，当然还想再上层楼，进京赴会试，如果能得连捷，功名富贵皆是囊中之物，也不枉前此三十年皓首穷经之苦了。

戏文试图夸张表现的，正是范进得意忘形的一刹那的心情，前引唱词便是他当下对两个乡亲（一个叫关清、一个叫顾白）放言高论的内容。这段唱词到了演唱家手上有了进一步的诠释。也由于奚啸伯和欧阳中石二先生皆是在红氍毹上直接面对观众的艺术家，他们把汪曾祺的戏词加以铺陈改订，给了范进一个更为细腻的发疯的过程：

> 琼林宴饮罢了恩赐御酒，御花园与万岁并肩同游。他道我文章好字字锦绣，传口诏老秀才独占鳌头。叫差官与院公顺轿伺候，见老爷少不得要三跪九叩——接着转身嘱咐乡人关清、顾白："你二人切莫要信口胡诌。"

你看这老秀才，可贱了！这个新科举人短暂发疯的讽刺故事很可能是整部《儒林外史》最为人所熟知的段子，也曾一度编入高中的国文课本之中。可是当年在国文科的教室里，很难坦言范进的发疯过程中隐含了八股取士之恶根弊源。原因无他，读《儒林外史》

颇有"对镜"的难堪，反而映照出学生们十年寒窗的迫促命途。

在《儒林外史》的原著里，吴敬梓并没有刻画范进发疯的心理过程，只让他一声又一声地喊："噫！好了！我中了！"倒是从汪曾祺到奚啸伯、欧阳中石先生的铺陈，使这新科举人的谵妄之语具现了科举制度内在的疯狂本质。套两句剧本中范进的念白，最疯狂的部分就是："我如今才不怕你，我要考你！"

"我如今才不怕你"可以分成两个层次。其一是"我原先是怕你的，可现在不怕了"。之所以今昔有别，全因功名到手。其二是到手的功名使人没有了恐惧之心。没有了恐惧之心，才会在瞬间将侥幸获致的一丁点小成就（乡试上榜）幻想成大魁天下、独占鳌头的尊荣。可见"什么都不怕"是疯狂的征兆——毋怪乎《儒林外史》原书中有个报录人出主意给范进治这疯病，得找个"他怕的人来打他一个嘴巴"。

无所畏惧真可怕。一旦什么都不怕了，第二句话便紧跟着上来了："我要考你。"欧阳中石先生让剧中的范进紧接着唱了一段二六，既俏皮、又悲哀：

> 我订下了文体叫八十股，句句对仗平仄要调。考得你昼夜把心血耗，考得你大好青春等闲抛。考得你不分苗和草，考得你手不能提来肩不能挑。考得你头发白牙齿全掉，考得你弓背又驼腰。年年考、月月考、活活考死——你这命一条！

千年媳妇熬成婆，只好再熬自己的媳妇，这是疯人的理所当然。科举程文之害，其实不只是割裂辞章、拘牵文意而已；其最深刻的弊病乃是赋予通过考试之人那种衡量他者"是否可以来分润权力"的权柄。这个设计使得"文"的教育、习染、趣味、风尚打从一开始就堕落成政治的附庸。

清代名士马士琪文章盖天下，应乡试时闱中出题为《渊渊其渊》，马欲求争胜于人，不肯轻易落笔，放牌时终于交了白卷，遂题诗一首，其词曰：

> 渊渊其渊实难题，闷煞江南马士琪。一本白卷交还你，状元归去马如飞。

题毕扬长而去，下帷苦读，三年不窥园。到了下一科，果然让他考上了状元。马士琪是真状元，以其才岂有不能作《渊渊其渊》之理？所以交白卷者，乃为不肯作第二人之想。今世考文章，是考不出这种状元来的，非为文才不及之故，而是应考者没有那种把考官当个屁给放掉的气魄和实学，乃争逐于揣摩命题之用意，深恐误解考官的心思，这难道不是"只见目的、不问手段"吗？这比疯了还坏。

例 2

思君最恼打喷嚏

春来到处听得到人打喷嚏。天干也有人喷嚏连声，地湿也有人喷嚏连声，花粉是让人视而不见的东西，却也搔弄人眼观鼻、鼻观心地止不了痒，惟其哈啾能解之。

打喷嚏，紧接着难以忍受的酸和痒之后，豁然而解，还有一种让人来不及回味的舒畅。山东人说打喷嚏，和普通话不同，是反其字序以为词，叫"打嚏喷"，"喷"字则读作"雾"（读作轻声）。我小时候一"打嚏喷"，我妈就会笑着说："那么小小的孩巴芽子家就有人想你了。"

乡人土语，其来有自，有时意外地源远流长，而且往往雅驯得令人觉得不可思议。《诗经·邶风·终风》有"愿言则嚏"这样的句子，距今一千八九百年前的郑玄为《诗经》作注，就使用了民间传说，把这个生理反应解释成分别中的人彼此思念的交感作用。

宋洪迈《容斋随笔·卷四·喷嚏》解释得更详细：

> 今人喷嚏不止者，必噀唾祝云："有人说我。"妇人尤甚。按《终风》诗："寤言不寐，愿言则嚏。"郑氏笺云："我其忧悼而不能寐，女思我心如是，我则嚏也。"今俗人嚏云："人道我，此古之遗语也。"乃知此风自古以来有之。
>
> （按："说"即悦，喜欢、想念的意思。）

这段话让经学家从高高的书阁上走了下来，走到里巷之间，听见男欢女爱（俗人）的声音。宋代的梅尧臣甚至还将这民间"语俗"放入诗中，当他出外想家时，曾经这样写："我今斋寝泰坛外，侘傺愿嚏朱颜妻。"把意思翻成现代语，就是："我想我年少的妻子，（想得）让她不住地打喷嚏。"

"愿嚏"与爱情之不可分简直是毫无疑义了。但是将之运用在小说里而能不露痕迹的作手则极少见。之所以强调"不露痕迹"，是因为一旦在爱情小说中明言有人思念，便无趣起来。我只在郁达夫的一篇未完成的小说《蜃楼》里看到一段妙笔。

这小说非但没写完，恐怕连开场都没打理清楚。就有限的十二段文字来看，主人翁"陈逸群"刚刚挥剑斩情丝，只身出京南下杭州，却带着几封有夫之妇的女友"诒孙"情意缠绵的书信。不过，他在西湖边休养肺病的时候，以迅雷不及掩耳之势、对护士"小李"产生了微妙的情愫，同时更酝酿着和一位银行家的夫人"康叶秋心"展开更激烈而缠绵的罗曼史。在这一切都还没有正式铺陈之际，"陈逸群"还回忆了一段他昔年和二十一岁的冶妮·贝葛曼（Jenne Bergman）由拥抱和深吻堆叠起来的恋情。

值得注意的是那微妙的喷嚏。郁达大曾如此写道：

> 逸群……向上伸了一伸懒腰，张嘴打了一个呵欠，一边拿了一支烟卷在寻火柴，一边他嘴里却轻轻地辩解着说："啊啊，不作无聊之事，何以遣有涯之生？"点上了烟，离开书桌，重在一张安乐椅上坐下的时候，他觉得今天一天的疲劳

袭上身来了。又打了一个呵欠，眼睛里红红地浮漾着了两圈酸泪，呆呆对灯坐着吸去了半支烟卷，正想解衣就寝，走上床去，他忽又觉得鼻孔里绞刺了起来，肩头一缩，竟哈嗽哈嗽地打出了几个喷嚏。"啊呀，不对，又着了凉啦！"这样一想，他就匆匆和着里边的丝绵短袄，躺到被里去睡觉去了。

郁达夫幸而没有揭露这喷嚏的典故。我们的主人翁毕竟是来养病的，其病体确实也因为贪吃、嗜酒、吸烟以及在凄风凉雨中到处把妹而逐渐萎靡，那几个来历不明的喷嚏显然是一个日后会让"陈逸群"咯血甚至病故的伏笔，但是当花心公子欢颜入睡之际，我们知道：真正的折磨还在后面——还真有人惦记他。

草蛇灰线

　　首先，让我们假设一篇文章的题目也就是先前所说的"谜底"是我们的作文的主旨。随便举个例子：《台北的夕阳》。一颗孤伶伶的夕阳，怎么能铺陈成什么主旨呢？纯粹从天文物理的角度看来，台北的夕阳和台中的夕阳和京都的夕阳和巴黎的夕阳，一定没什么太大的差别；至少没什么深刻精神内涵的差别。

　　要拿这几个字当题目，又不想流于俗套、沦为纯粹写景的呻吟之作，不免要涉及作者对于台北的某种事物、现象乃至于生活价值即将黯淡、消失，而颇可凭吊的感触。那么，我们就得在设想这题目的时候，埋伏一点"话里的话"，也就是掌握和"日暮"这个时段有关的感触。

　　通常，我们管这隐藏于内在、看来不十分明显的意思叫"草蛇灰线"。它在文章的前段露出一点痕迹，在文章的中间又随时现出一点一点的形影，到了文章的后段，或以直笔点明、或以曲笔附和，好让那看似零零落落的、闪闪烁烁的字句，串连成一个完整的意念。

比方说底下这篇也用黄昏为幌子的文章，说的是同里湖这个地方的即目之景，像夕阳一样无力的陈年旧事、街头琐事、家常小事——啊哈，还有国家大事。这就是讽喻：一点儿都不疾言厉色，但是意味幽长。有趣的是，内文几乎没有关于黄昏景色的描绘，情调却非常黄昏。

例

同里湖一瞥黄昏

"同里"二字有个讲头，据说在数百年前，此地经济发达，人称"富土"，可是朝廷以为这名字太夸炫了，便给拆了头、黏上脚，拼成另外两字，即是"同里"。

同里为吴江八镇之一，也是大苏州区的知名古镇，都说有一千年以上的历史。前去旅游的人不时会听说：这地方已经申报为联合国教科文组织"世界遗产"的名单；但不知这一类的遗产该属谁继承，又该由谁挥霍。

大约一如这世界上经由联合国点召认可的其他遗产，同里古镇在大体上依然维持了古旧面目，游屐交织，运作的却仍是现代资本。令人心疼的交易触目可见，那是"遗产级"观光业核心的廉价劳动。

比方说：南园茶社内侧临河，开轩迎水，波光可掬，一小姑娘迎着落日画夏荷图，工笔七彩不打稿，一张卖二十四块钱人民币，万一撞上了不大讲究艺术评鉴的好客人，一整天大约也出不了两张。再比方说：唱着苏州小调拉麦芽糖的店家，一句一张弛，八句唱罢，恰好招来围满半圈儿的听众，然而，裹糖收款的程序仍旧是缓慢的、甚至是懒散的，余音绕梁略久，看热闹的大多也就散了。

这些营生还好过三桥边拿小铁钳剥芡实的老太太。老太太就那么晾在一张泛着油光的老藤椅上，有一搭、没一搭地钳着芡壳儿，和街坊们指点着过往的路客。路客几乎不知道她是在做买卖；卖的也不是芡实，而是"绕绕糖"——老太太脚旁的小招牌上是有七个手写大字："回忆童年绕绕糖"。我猜想那童年应该随着三桥流水打圈儿转悠，也不知道是流逝着，还是萦回着。

这些都在古镇西边，较近于落日之处。若从此地冲东走，经过河沿儿上新开的咖啡铺子，可以稍事停留。这铺子之所以看似有一种不合地宜的新风貌，当归功或归咎于三面落地长窗，并不十分肖古。但是长窗之中，有熟女一名，正在替她的伴侣掏耳朵，其凝神致志，会让人想起毫芒雕刻。这绝非现代人或后现代人的表演，还真是启人遐思、令人神往的旧日家常，相信连古装大戏的专业编导也刻画不出。

若不愿流连于此窥人家务，大可以继续前行，约一根烟的行脚，便来到"退思园"外了。此处的戏台宽绰，可容大武生连打四十九个飞腿。若是来得巧了，黄昏也不急着赶人，游客还能看一折宝莲灯。戏是老熟的，倒是演华山圣母的花旦要比演陈香的娃娃生还年轻几岁；不过，哭儿哭娘之情一点也不做作，激动之中还颇有几分从容，不像是下了戏还要回家忙做饭的。

戏台前的三杆十丈大旗还绣着对子，应该也是申报遗产单位的巧思。可惜联合国教科文组织大概不很明白对联有什么意思，他们所在意的，可能是另一幕景象——

若在晴日清晨，顺着地上的旗竿日影而行，来到竿影尽处，向右一张望，就可以看见一栋古风盎然的建筑。楼高三叠，白墙黑瓦，上书"同里影剧院"；行款虽然有些轻重不均，书家大概也练过几年端楷。看来略显突兀的，是一楼正面悬挂的红布白字标语："人大换届选举是人民政治生活中的一件大事。"

人们生活在这样的遗产里面，有时不免要退而思之：什么是大事？想到大事，就觉得遗产里还有些负债，尚未清偿。

用字不妄

刘勰的《文心雕龙》不容易读，但是有些句子所带来的启发，使人终身受用。在这本书的《章句》篇里，有这么一段话：

> 夫人之立言，因字而生句，积句而成章，积章而成篇。篇之彪炳，章无疵也；章之明靡，句无玷也；句之清英，字不妄也；振本而末从，知一而万毕矣。

仅仅是这么一段，就是漂亮的行文示范，带给读者一种层层渐进、又徐徐递出的美感。

这篇例文是根据"字不妄"的结论展开。讲究准确地用字，与不去计较俗写、正写这两件事看起来有些矛盾；我们总有机会自问一声：究竟书写求其当、修辞立其诚的计较，该到什么程度呢？仅此一问，也不会有标准答案，似乎只能归诸"文章千古事"的下一句——"得失寸心知"。

于是，以下的例文有一个假设：无论题旨如何展开、篇章如何组构、意思如何发挥，归根结柢，还是用字的审慎。

我在年幼时读过胡适之的《差不多先生传》，多年下来记忆犹新，而今常闻人说：写字看得懂就好，又不是中文系学者，计较那么多干嘛？仿佛中文系学者关起门来跟自家人讲究文字是桩见不得人、也不应拿出来见人的事。说这话的人可能会在别的场合、别的情境、别的事务方面有所感怀，说不定还会羡慕其他国家、其他文化、其他社会的人在生活上、在工作上、在技术上用心推求，处事精巧。偏偏对于本国文字、语言，以及非透过语文工具而遂行不可的思想却极其不愿下半点功夫，懒得问路，或许就走不出一步。

在我的脸书里，愈来愈常见这样的信件："请教您一个问题，'焠炼'与'淬炼'何者为正确的用法？我查了'教育部'的字典，看到的是'淬炼'，但我印象中应该是火字旁。"

紧接着的另一则留言，是这样的标题：《一摊水还是一滩水》，"你好，大春先生，又来请教您了。刚刚在写噗浪（Plurk）时用到这个单位，不明了哪个正确。直觉上我会用一'摊'水，查了一下手边的'国语活用辞典'二〇〇五年出的第三版，第二个解释这样写着：'量词，多用于表示液体或湿润物的聚合体，例如：一摊烂泥。'不放心，又查了网络上的'教育部重编国语辞典修订本'，有关滩的解释，第三个这样写着：'量词。计算扩散成片的糊状物或液体的单位。如：两滩血、一滩烂泥。'我被雷到了。"

提问的人如果手边有足够详瞻的"大字典"，不难发现："淬"的正确性无法取代；它就是锻造金属材料之时，将稍红的锻件浸水降温，以增强硬度的一个程序。职是之故，"淬"还能引申出提炼中药的"醋淬"之法，以及"浸染"、"冒犯"等义。回头说来：在"冷却锻件"这个意义上，"焠"和"淬"没有差别；唯"焠"字另有"点燃"、"烧灼"的意思，则与"淬"就无关了。

至于"滩"字，除了表达"水浅多沙石而流急之地"、"水滨平坦之地"而外，的确也有用于平面之上、形容液体的量词，"一滩水"、"一滩血"，都是正确的用法。唯"摊"之用于此，也只能说是无关正误、随俗通假，毕竟从原始字义上说，"摊"字虽有平铺、展布的意思，却很难用以形容一片薄水。"摊蛋皮"之"摊"、"摊苦差"之"摊"以及"摊债务"之"摊"，都是此字作为原初动词的意思，对照了"滩"来看，与血与水的关系，恐怕还是要让给三点水的"滩"字来摊派。

这么几个对中有错、错中有法的字算什么学问呢？

看似不必计较的文字之所以会让人计较，正是我们喊了多少年的中华文化之所以还能够苟延残喘、不绝如缕的重要原因。某一世代之人（还未必是多数），受了一种敬惜文辞、不苟声义的教育（还未必如何高深），就会认为章句、训诂必有达解而不移，这是一切教化的基础。讥嘲这样穷极无聊、追根诘柢之人的也所在多有，以为凡事何必这么认真？馆子的点菜单上不也把"炸虾饭"写成"乍下反"，厨子能识得出、做得成、端得上桌，不就结了？

然而像是患了强迫症一般讲究文字形、音、义之正确与否的人不无道理——没有这样的人，就不容易传递基于文字而产生或召唤的信念。真正令人困惑的，反倒应该是我们所依赖的字典。

编字典总是苦功，绝非易事，每一部新编的字典都必须既能本乎前人的正解，增添与时俱进的注释，还要满足特定的、无奇不有的求知角度。坊间字典汗牛充栋，即使所本者有限，却仍言人人殊，有的以简明为招徕，有的以厚重为特色，有的以检索方便为诉求，有的以搜罗广泛为能事……也有的甚至还会强调套色印刷、插画图解等等。然而，字典所反映的，恐怕不是一个社会所能积聚的文字学专业素养，而是社会大众对于文字的好奇深度。

我们当然无法建议每个人随身备一套《汉语大字典》，但是，从触控荧幕手机和平板电脑的普及与便利着眼，我们随时找到极为精深、专门的文字学答案似乎不怎么困难，问题在于我们还会不会问那么些看来不切实际的问题？不问这些，我们不会进化到问出更精湛的问题，字典就会愈编愈薄。

行路不难，只是辛苦；问路实难，它决定了旅程长远的价值。

例

差不多先生传

胡适

你知道中国最有名的人是谁？提起此人，人人皆晓，处处闻名，他姓差，名不多，是各省各县各村人氏。你一定见过他，一定听过别人谈起他，差不多先生的名字，天天挂在大家的口头，因为他是中国全国人的代表。

差不多先生的相貌，和你和我都差不多。他有一双眼睛，但看的不很清楚；有两只耳朵，但听的不很分明；有鼻子和嘴，但他对于气味和口味都不很讲究；他的脑子也不小，但他的记性却不很精明，他的思想也不细密。

他常常说："凡事只要差不多，就好了。何必太精明呢？"

他小时候，他妈叫他去买红糖，他买了白糖回来，他妈骂他，他摇摇头道："红糖，白糖，不是差不多吗？"

他在学堂的时候，先生问他："直隶省的西边是哪一省？"他说是陕西。先生说："错了，是山西，不是陕西。"他说："陕西同山西，不是差不多吗？"

后来他在一个钱铺里做伙计；他也会写，也会算，只是总不会精细；十字常常写成千字，千字常常写成十字。掌柜的生气了，常常骂他，他只笑嘻嘻地赔小心道："千字比十字多一小撇，不是差不多吗？"

有一天，他为了一件要紧的事，要搭火车到上海去，他从从容容地走到火车站，迟了两分钟，火车已开走了。他白瞪着眼，望着远远的火车上的煤烟，摇摇头道："只好明天再走了，今天走同明天走，也还差不多；可是火车公司未免太认真了。八点三十分开，同八点三十二分开，不是差不多吗？"他一面说，一面慢慢地走回家，心里总不很明白为什么火车不肯等他两分钟。

有一天，他忽然得一急病，赶快叫家人去请东街的汪先生。那家人急急忙忙跑去，一时寻不着东街的汪大夫，却把西街的牛医王大夫请来了。差不多先生病在床上，知道寻错了人；但病急了，身上痛苦，心里焦急，等不得了，心里想道："好在王大夫同汪大夫也差不多，让他试试看罢。"于是这位牛医王大夫走近前，用医牛的法子给差不多先生治病，不上一点钟，差不多先生就一命呜呼了。

差不多先生差不多要死的时候，一口气断断续续地说道："活人同死人也差……差……差……不多，……凡事只要……差……差……不多……就……好了，……何……何……必……太……太认真呢？"他说完了这句格言，就绝了气。

他死后，大家都很称赞差不多先生样样事情看得破，想得通；大家都说他一生不肯认真，不肯算账，不肯计较，真是一位有德行的人。于是大家给他取个死后的法号，叫他做圆通大师。

他的名誉愈传愈远，愈久愈大，无数无数的人，都学他的榜样，于是人人都成了一个差不多先生——然而中国从此就成了一个懒人国了。

三个"S"

一篇情节推动足够丰富的叙述文通常包含几个能够带给读者快感的"S"：surprise（惊喜）、suspense（悬疑）、satisfaction（满足）。内在动能强大的故事几乎不需要什么技巧，比方说：有一个你信得过而精神状况并无不佳的朋友忽然告诉你他撞了邪、遇见脏东西，哪怕说得支离破碎，首尾不全，你也会为之忧疑惊惧，甚至夜寝不宁。"入局"的程度，可能远超过看一部惊悚电影。这是基于读者与作者之间的特殊关系——也可以称之为特殊阅读合约——而达成的效果，未必可施之于一般作品。一段也许能够感人的故事，最糟的就是说坏了，说坏了就令人来不及有感。

要说得让台下人不至于提前把台上的戏给散了，就得在说故事之前先问：我该让谁说这个故事？故事可能是某甲遭遇的，内容关系到某乙和某丙，而影响到某丁，某丁居然毫无所知，却让某戊受害最深，受苦最大，最后真正能理解这其中意义和价值的居然是某己，而与此事毫无关系的某庚却被误会为主导其事发展的幕后主使之人。好了，该由谁来说这个故事？

以下这篇例文没有那么复杂，可是我的确为如何展开述说而困扰了很久。应该从那个绘本的神秘作者的角度写吗？不对，她是故事里一切情感的发动者，可是她根本不知道她启动了什么。那么，从幼稚园园长的角度来写呢？也不对！若是让园长开启叙述，不免会让一个具有温情的故事变得说教味十足。那让餐厅老板说吧？还是不对！因为一个正常生活着的餐厅老板，实在不必那么多事地为人诉说一个与他无关的故事。然而，故事的确是他告诉我的。那时我问他："店里有没有包团满座的生意？"他说："当然有。"语气很不服，像是我太瞧不起人了。接着，就是这个故事。

我说这个，目的在于回到一个简单的问题：这是谁的故事？小说作者、电影甚至电视剧的制作人和导演都常问这个问题，熟练的编剧在写作之前会自问好多次。这是谁的故事？它包含了两个层次的认知：这个故事使谁经历了最大程度的冲撞、或是谁的感受最强烈？以及最有叙述能力者是谁？这两个问题都不会有标准答案，但写作的人不得不问、再问、以及再多问几次。原因可能是：我们都不知道自己有没有说故事的资格。

例
仙女未曾下凡

　　仔细算来，大约就是这时节，我的老朋友郑安石所经营的法式餐厅刚好满三十年了。三十年觥筹交错之际，自然有很多故事。我常在午后或傍晚抽空去闲坐片刻，听他漫谈。有时一事说过好几遍，讲的人不记得，听的人也不在乎；却颇有助于双方逐渐因年纪而退化的记忆。倒是昨天，我头一次听他说起店里的仙女下凡。

　　那是十多年前的一个秋冬之交，午后休闲时分，他忽然接到了一通电话，拨打的是位女士，言词间带着冒昧打扰的歉意，大约是担心安石把她当成穷极无聊、没事找事的闲人："请问你们这里是长春藤吗？""请问这是一家餐厅吗？""请问你们的墙上是不是有一张画，画着一位仙女，手里拿着一枝玫瑰花？"

　　安石告诉她：没有仙女，但墙上是有一张画，画着个手拿玫瑰花的姑娘。对方像是发现了什么惊人的秘密，语气立刻兴奋起来，随即告诉安石：她是一所幼稚园的园长，每天都要在午休之前为园中的二三十个小朋友读些绘本故事。最近她读了一个绘本，描述的是在我们这个大城市里，有一家名叫"长春藤"的餐厅，墙上挂着一幅画，画了一个手持玫瑰的仙女。

　　这位仙女每天晚上过了子夜十二点，就会从画里走出来，打开餐厅的大门，邀请路上过往的孤魂野鬼进来，飨以美食和好酒——可想而知，这是一个交融着中西祭飨神话、流露着生死分润情怀的故事，过了子夜，于人鬼易主的缥缈虚空之中，画上的仙女体现了消弭恐惧的好客热情与慈悲心意。

由于是童书童诂，安石并未十分在意，十多年转瞬而过，当他跟我转述这一段往事的时候，连那绘本的书名、角色、作者或结局都不复记忆。但是他还记得：那位幼稚园园长订了一席餐饮，说要在圣诞节的晚上，招待全园的小朋友来长春藤亲眼看看仙女和她手上的玫瑰。

到了日子，园长和孩子们都出现了。可想而知：小朋友们都非常兴奋，故事里的角色就在他们的眼前；故事里的场景也就在他们的足下，每个人都不时地走近画像，数记着时间，争看子夜时分仙女是不是真的会从画中走下来，来到他们的面前。

在我这听者主观的想法里，的确希望孩子们在子夜前就被爸妈带回家了，否则仙女不下凡的场面一定很杀风景。然而——据安石的记忆：孩子们都撑过了十二点，也都发现了画自是画、姑娘自是姑娘、玫瑰自是玫瑰，而故事毕竟只是故事。安石则得到了园长馈赠的那童话故事的影本——因为园里只有一本，而市面上似乎找不到另一本了。事隔十余年，连这影印本都不知去向——坦白说，我比安石还要懊恼。

这个没有结局的故事令我感动的，不只是仙女和她推食分润孤魂野鬼的情意，还有茫茫人海里来自陌生人、并付与陌生人的善念与同情。据安石推测，那绘本的作者，应该是长春藤的某一位顾客，在看了墙上的画之后，设想了这故事，并且将之完成付梓。更有意思的是那位园长，她在为孩子们讲述这个仙女故事的时候，一定反复想象着餐厅的具体样态，也深信在我们这样一个城市里的某个角落，一定还存在着连孤魂野鬼都愿意喂食的分享之地。在十多年前，网络搜寻尚未普遍的时代，她可能翻了电话簿、或是问了查号台，就是为了印证这世上有没有那样的仙女。

我想是有的，从精神意义上说，那位园长和作者都是这样的人。

公式操作

写文章有没有公式？补习班的老师一定说有，那是他生财的工具。多年前我还在服兵役的时候，认识了一位补习班国文名师，会用类似简易的数学式子，转换成作文的组织架构和书写程序。听他解作文，如拼七巧板，不但说来热闹动人，好像只要掌握了几个扭转行文的关键语、连接词，再填入预铸宿构的半成品（名人轶事、伟人格言、前人嘉句），无论什么题目，都能够堂堂皇皇堆出一篇文字来，要成语有成语，要诗词有诗词，要感慨有感慨，要体悟有体悟；真是一呼而百应。

我还记得他告诉我：根据他的观察，有几句话，无论什么题目都对付得了，一旦巧施于行文之间，必然能让批改老师眼睛为之一亮（可惜我只记得三句）。其中一句是："君子以果行育德"（语出《易经》）；另一句是"周道如砥，其直如矢"（语出《诗经》）；还有一句是"士君子立志不难"（语出韩愈）。

这三句话还都不须要引注出处——那样就太做作了。然则如何运用呢？就是在换段之首，硬打硬接，破空而下，之后再加上一句白话，聊为补充，表示作者无意獭祭卖弄，而是有真实体会的。比方说："君子以果行育德；无论什么理想，都得付诸实践……""周道如砥，其直如矢；道理是很明显的……""士君子立志不难，但是能坚持走下去却不容易……"我这朋友对于文学创作没什么兴趣，无论任何名家名作，在他眼底都是可以拼装拆解的积木，而堆积木，不过是将现成的材料翻来覆去、颠倒搬弄而已。我只能祈祷他教导的许多孩子的卷子不要落在同一位批改老师手上。

诚然，公式化的锻炼出不了文学家，可是在考作文这种万人如海、一试而决的竞赛中却颇有突出之处。补习班名师之横行江湖，良有以也。你说他匠气，我还觉得这样的匠心，倒未必不可以发扬光大。试想：如果不只是调度有限的嘉言名语，投机讨巧，而是将这公式移作思考游戏，锻炼出一种不断联想、记忆、对照、质疑、求解的思考习惯，何尝不能在更广泛的生活场域上打造出行文的能力呢？

让我先介绍三个看来无关的名词："惯用语"、"生命经验"、"掌故传闻"，这是我所谓思考游戏公式等号左边的三个元素。

"惯用语"是一个概念性的说法，包括了我们常用的成语、俗语、俏皮话等等套语。人们使用这一类的语汇经常不假思索，例如我们说某人招了个"东床快婿"，恐怕未必认为口中的"东"、"床"、"快"三字有何意义，也未必知道此语说的是王羲之；可是四字连用，对那位女婿想来是恭维赏识的。

"生命经验"毋须解释，大约就是真实生活中的琐琐屑屑、时刻能够从记忆中提取，以为友朋说三道四、招引啼笑的小段子。就从前揭之文提到的"东床快婿"发想，我总记得牛平拥有的第一本不带注音符号的读物是《成语故事》，书上解说"东床快婿"的故事来历，把王羲之画成个大肚汉，大白天在窗边坦腹大睡的模样很滑稽，看来不像个仪容俊秀的女婿，更不像个书法家。

至于"掌故传闻"，有时自书本来，有时浸润于常识，虽未必能脱口便尽道诸事出处是某卷某篇，能说个大意也就可以了。从这个面向上谈"东床快婿"，我那本儿时读物《成语故事》就不够用、甚至不见得正确了。"东床快婿"、"坦腹东床"背后还有更多的细节。

《世说新语·雅量》里有这么个故事：太尉郗鉴听说丞相王导家的子弟都很俊雅，便派遣门生到府求女婿。王导对郗太尉的门生说："你去东厢房，随意挑看。"王家子弟一听说郗太傅家来选婿，都肃容待客，各显风姿。只有王羲之一个人"在东床上坦腹食，如不闻"。那门生回去如实禀告，郗鉴道："正此好！（就是这个人合适！）"

"坦腹"的时候，王羲之原来不是在呼呼大睡，而是吃着东西。若依《太平御览》，说得更仔细，连王羲之吃的东西是"胡饼"都记载了。想来确实不怎么雅相，然其风姿潇洒，率真过人，恐怕也是郗鉴快手选取的原因罢？《世说新语·容止》上说："时人目王右军，飘如游云，矫如惊龙。"所形容的，应该就是这种风度。

以上数段，稍加整理，就是一篇小文章。

等号左边的三种元素有时可以一套一套地想象。当你在等公车、搭地铁、或是穷极无聊想要骂那个跟你约会却迟到的家伙的时候，就可以作这样的练习——首先，想一句成语、一句诗、一段歌词、一个新闻标题……其次，想想这话语运用在自己身上的一个事件；接着，再想想在你所读过的各种文本之中（包括新闻、历史、小说、戏剧、电影、漫画、网络流言……都行）有没有在相当程度上也吻合那句话以及那个经验的情节。一旦找到了——我就要和你一起说：Bingo！虽然你一个字都没写出来，但是这整个思考的过程，已经是写文章了。

惯用语＋生命经验＋掌故传闻＝成文

例 1

除非己莫为

我们常用的俗语、谚语有时来自古书古史，如果没有查考的习惯，往往错失了来历；也就错过了故事，如此，俗语、谚语里的教训也会轻微地"移位"。

犹记我还在读小学二年级的时候，因为排队等候校车而和同学发生纠纷，干了一架，我的级任导师要我"立刻把家长请到学校来"。我想尽各种借口拖延——今天爸爸出差，明天妈妈生病，诸如此类。终于有一天晚上，天外飞来一场简直不可能的灾难。

当时正逢"副总统"陈诚过世，一连好些天举行各界的公祭礼，市民们日夜可以自行到殡仪馆上香。由于灵堂近在咫尺，步行可及，父母亲在某日晚饭之后决定："去给陈辞公鞠个躬吧。"不料就有这么巧的事：我所就读的那所小学全体教职员也在当晚前往致祭。我们一家三口才来到漫天遍地扎着白花的灵堂门外，导师就出现在眼前，她看着我身边那一双既未出差、也未生病的父母，对我说了一句："你骗我！"那一刻，耳边忽然响起了《三民主义歌》，演奏之时，人人必须就地站好，不得妄语妄动，于是我还能偷得片刻的平静——真希望那歌能永远演奏下去。

歌总会结束的，老师紧接着对我扔了句："若要人不知，除非己莫为！"之后转过脸去，把我和人打架的事向父母说明了。那一夜，我的记忆凝固在仪式的肃穆、悼亡的庄严以及谎言终于被拆穿的尴尬之中。"若要人不知，除非己莫为"一语就像铭印（imprinting）一般，等同于注定要被揭发的恶行。

可是，故事并非如此。

在东晋时期，北方的前秦立国期间，苻坚杀死了堂兄——暴君苻生，自立为帝。五年之后，也就是大约西元三六二年，有凤凰齐集于宫殿的东阙，这是祥瑞之兆。依照惯例，此时要举行大赦，百官都得以晋位一级。

在一开始商量大赦和加级事宜之际，是极机密的。苻坚和他亲信的弟弟苻融以及重臣王猛密议于甘露堂，屏去左右。由苻坚亲自撰写赦文，苻融、王猛供进纸墨。就在此刻，有一只体型硕大的苍蝇从外面飞进来，鸣声甚为嘈唏，在笔端绕来绕去，驱之才去，片刻复来。

不久之后，长安街巷市里人便相互走告着说："今天要大赦天下了！"地方官不敢隐瞒，连忙把谣言上奏入宫。苻坚吓了一大跳，同苻融、王猛说："禁中没有一只闲耳朵，大赦之事是怎么泄漏的呢？"这当然要彻查。

消息传回来，各地谣诼的根源很相似，都说有一个小人儿，穿了身黑衣裳，在市集之地大呼："要大赦天下了！百官都晋位一级了！"说时，人也就不见了。符坚叹口气，道："就是之前那只苍蝇吧？声状非常，看了就讨人厌。俗话说：'欲人勿知，莫若勿为。'不就是这个道理吗？"

秘密本来只是秘密，无关其为好事或坏事，可是在我的记忆里，"若要人不知，除非己莫为"总带着威胁和恫吓的况味，和"为善不欲人知"竟然形成了伦理意义上的悖论。

至于符坚兄弟的故事，原本在正史里有，在《广古今五行记》这样的野史里也有，到《太平广记》可以说已经定了形。然而故事不是一成不变的，清代金埴的《不下带编·卷三》里，一只大苍蝇变成了两只；一个黑衣小人，变成了两个黑衣小人，诨称狗仔。多出来的这一个，怎么看都像是"随行摄影记者"。

例 2

嵯峨野，自己的爱宕念佛寺

在记忆和有着回忆作用的梦中，那是一条笔直的路，仿佛没有任何分岔，一径通往成千上万个象征着人生终结的石佛道场。我一想起嵯峨野，自然就吟成了"万般无奈收遗忘，一介多情转寂寥"的诗句。

实际上全然不是那么一回事。那条路蜿蜒多歧，途中可以休憩赏玩的著名景点甚多——有一家名叫"曼陀罗"的咖啡店，冷热饮品绝佳，甚至因之才觉得梵文"曼陀罗"（mandara）中译为"悦意花"之言不虚。那一次步行到爱宕念佛寺，一路之上与旅伴们谈天说地，体会日本古都风味的丰富多姿，回味无穷。那是一次充满喧笑、愉悦的散步。那么，我的记忆和梦为什么会出错？

会是因为《古都》吗？

川端康成在这个深邃美丽的故事里摄入了他自己的投影——佐田太吉郎，一个布匹批发商、庸才画家，在六十五岁那年避居嵯峨野的尼姑庵，参考了欧洲最当今的抽象艺术家的画作，设计出来的和服腰带图样居然被一个腰带织工一语道破；年轻而眼光犀利的织工大友秀男是这样说的："虽然独特有趣，但是缺乏心灵的温暖调和，不知怎地，有种颓废的病态。"

嵯峨野竹林深处的尼姑庵似乎非常适合川端康成自己或者他笔下的角色隐居自怜。据说，最早是空海（弘法）大师（西元七七四至八三五年）在此地建立如来寺，遍祀古来乱葬之岗上不可胜数的孤魂野鬼，此后这里才有丛集的碑林、以及数以万计的石佛像。转入爱宕念佛寺之际，触目所及的石佛林林总总，每尊面目皆不相同，设若细心观察，总觉得石雕师傅所刻画的，既不纯是佛、亦不纯是人。仿佛"孤魂野鬼"有了另一种让人肃然起敬的身份——在人与佛之间变幻摆荡。无怪乎我会一直想起川端所创造出来的佐田太吉郎。

在推动《古都》的主要情节里，千重子和苗子这一对自幼分离而生活环境天差地别的孪生姊妹，分享着同样孤绝凄美的悲情。千重子的养父佐田太吉郎似乎更惨些。他艺术上的平庸与欠缺爱的热情和能力似乎是互为因果的。无论是纯粹传统日本的幽篁古寺或者是最时髦的保罗·克利"创造性自白"（creative confession），都没有办法启迪一个平庸甚至堪称拙劣的心灵。更深刻而犀利一点地说：摆荡在东西方美学幻影之间的艺术工作者——国际知名的小说家或布匹批发商——都只是无可依归的孤魂野鬼而已。

在一趟又一趟的京都之旅过后，我总是反复想起嵯峨野。那一条通往万千石佛雕的路径果然是极具隐喻性的。我猜想：每一个不知道自己有没有创造力、不知道自己有没有爱的热情的人，都应该亲自来走一趟这条路，尽量放缓脚步，感受到路途的无尽无涯，在抵达之后，也许一直徘徊到傍晚，仔细观赏着每一尊石像。倘若耐心无限，我相信来访者总会在石像之中找到自己的面孔，并因此而觉得自己一点儿也不孤单或寂寞。

我足够幸运。那一趟行旅之中，由于一岁多的孩子随手把外套披覆在某一座石像的头顶上，孩子的妈在回程将尽之际才赫然发觉，我只好再折返一趟。多年后追忆起来，诸多关于念佛寺的风情已经记得不清楚，只没忘了远远看见一件童衣蒙住佛脸，在风中拂荡。

齐克果句法与想象

从一个句法，发展成一篇文章。比方说："当 A 事件发生时，B 事件也发生了。"这个句法有着神奇的作用，将两件原本并不相关的事，经由发生时间的相当而联系起来。有些时候，就算 A 与 B 发生的时间并不那样严丝合缝，读者也未必计较。

作文归本于国文科似乎无足为奇，就像中文系出作家亦无足为奇一样；于是，中文系毕业的教国文亦无足为奇了，作家谈起写作文，简直就要把下一代都造就成作家了；诸如此类的推想或"感觉上像是"的说法都出笼了；连"教育部"的官员也曾表示有些作家对初中会考作文指指点点，说那是出于"文学"的意见，而距离"作文教育"太离题。我不禁怀疑起来：能出现脑子这么糊的官员，恐怕都是历年历代的作文课真没教好的结果——请让我们回到一个简单的思辨问题：为什么学写作文？

作文课要培养国人用国文表达思想感情意见观点……这些陈腔滥调我们听多了，就不必细为铺陈了，单说我的朋友谢材俊跟我说过的故事。材俊的二哥念中学的时候（怕不也是五十年前的事了），老师出了一个作文题——"从台湾看大陆"；谢二哥班上有位同学如此写道："看不到。"那孩子当年肯定拿了鸭蛋，或恐还少不了一顿教鞭。

我们且看看这样一个题目，是不是在"锻炼学生思辨及表达能力"这样一个笼统的范畴就解释清楚了呢？写一篇洋洋洒洒数百字之文的人为什么比只写"看不到"的人得分高？若非后者明显地流露出党国机器所不能容忍的讥嘲异议，必欲除之而后快，那么，起码可以解释成：因为前者看起来知道那个"看"字有复杂的、精神意义上的对照或比较，而不是只能从下面这个题目之中的物理解释看问题：

若 X 星球距地球为 1.5×10 的 8 次方公里，假设 X 星球发生大爆炸，而当时声音在空气中传播的速率是 300m/s，则爆炸声要经过多久才会传到地球？

① 5×10 的 5 次方秒 ② 5×10 的 6 次方秒 ③ 5×10 的 7 次方秒 ④ 听不到

这一题的答案当然是"听不到"。道理很明显，太空中没有传递爆炸声的介质呀，这不是很容易辨识的小陷阱吗？花冤枉力气去计算的人栽在了普通常识上。好了，这和教作文、学作文有什么关连？

搞作文教育的人（让我们先假设有这样一个专业，而不是想当然耳的中文系、作家云云）必须面对的一件事：无论社会的专业分工如何，一旦形之于书写，都各有其文本语境。在《从台湾看大陆》一题之下的"看不到"明明是物理世界的实情（甚至还包含了诗意的讽喻），却是"错"的、"失格"的；而另一题的"听不到"却意味着答题者能够想象出遥远宇宙中物理世界的实况。

你或许会问：作文和物理扯在一起做什么？我的答复是：不然作文该跟什么扯在一起？作文，不就应该与万事万物、各行各业、诸学诸术都有关吗？

如果有一天，有一个学生在作文里这么写："站在月球表面的太空人阿姆斯特朗在踏出了他那一大步的时候，应该看见了遥远宇宙中人类科技的未来。"或者有一个学生在作文里这么写："拿破仑被囚禁在圣赫伦纳岛的时候，还能听见他为自己加冕时的圣歌吗？"试问：这是文学？或不是文学？

作文当然不是文学，也不以训练文学家为目的，但是作文并不排除文学。相对来说：作文老师之为人，恐怕正是以真正伟大而繁复的文学传统去丰富那些令人"看不到"、"听不到"的宇宙介质呢！在前揭阿姆斯特朗的那两句里，你看得到作文者对于科技发展日新月异的讴歌；在拿破仑那两句里，你听得到作文者对独裁君王的谴责或惋叹。这两个例子都不是出于我的生造——而是当年我在陆军通校担任教官时让班上（无线电专修甲班）同学试作三百字的短文中的两段。

我的练习题很简单，出自齐克果（台湾译名，即克尔凯郭尔）的段子。齐克果在他的随笔中曾经开过巴克莱大主教冗长演说的玩笑。当时齐克果是这么说的：“当我们叙述：‘当 A 事件发生时，B 事件也发生了。’那么，A 所占的时间一定比较长，B 所占的时间一定比较短。”

这话很好理解，在生活中随手一例：“当我在写这篇稿子的时候，《独立评论》传来了邀稿简讯。”不过，齐克果很顽皮，他举的例子是：“当巴克莱大主教在发表他的演说时，拿破仑利用火炮和骑兵的威势，越过阿尔卑斯山，打下意大利，攻陷埃及，最后统一了欧洲。”不消说：齐克果借由这例句讽刺了巴克莱大主教演讲之冗长、无趣，以及与世事漠然不相关。

我用齐克果的玩笑当引子，规定我的学生们必须在一篇自订题目的作文中使用这“当 A 事件发生时，B 事件也发生了”，我还当堂规定：A 和 B 之中一定要有一个是心理活动。

那些被我戏称为“小鬼”的孩子日后没有一个成为文学家——其中一个还曾被我撞见，在夜市批发水果——可是在士官班当年的作文课堂上，经由适度的游戏锻炼，他们几乎都很能够调度叙述的时式，运用语气的悬疑，穿插、交织生活中的种种语境，大部分的时候，作文里所表现的，都是枯燥操劳的军旅生涯中值得同情一哭、却只能付之一笑的甘苦细节。

对当时的学习者而言，他们不是在作文，而是反刍不得已而然的生命。不消说：之所以会有阿姆斯特朗和拿破仑出现在文中，一定也是因为在那一段时间里，他们的物理课和历史课提及了这两个人物。他们想象、虚拟大人物的心理活动，又是多么地亲切和体贴呢？我只能说：一个看似公式化的句法，还是可能在角落里挑动着作文者真实的情感。

如果有一个又一个的题目，能够勾动你去反刍你那不得已而然的生命，你会觉得那是中文系、作家或者是作文专业老师才看得到、听得到的事吗？

你不写，谁写呢？

例
想起课室里的几张脸

我和家里的高中生闲谈的时候，说起这个刚开始的求学阶段里同侪多样性的重要。一不小心，话题就转入了我四十多年前在课室一角的封闭记忆。在那里，没有什么重大的事件，只有几个名字、几张脸孔——严格说来，也可能只显示了我高中生活的几个片刻。

那个班级编号一○一，在一排低矮老旧建物的最南端，突出于课室门楣旁边的绿底白字木牌是我和所有新同学相互结识的重要媒介——我总在下课时间把它从挂钩上踢下来，赢取陌生同学赞叹的眼神，这些陌生的同学也不吝给我掌声，或者向我介绍一些可敬的对手。我在成功高中所听到并印象深刻的几个名字之一，"孙铁汉"，据说是一○三班的。

告诉我"孙铁汉"三字的是坐在我左前方的项迪豪，他和孙铁汉都是跆拳社的，据说那铁汉虽然踢得并不高，但是"出腿很快"。项迪豪和坐在他后面的叶常仁似乎有某种遥远的亲戚关系，又都是台北东区某贵族中小学的毕业生，温和稳重，斯文有礼，连冒青春痘都十分严谨节制，寥若疏星，浑身透露出一种高级公寓里才养得出来的白皙气质。叶常仁每每基于邻座之谊、在我飞踢班级牌的时候高声鼓掌——我第一次发现，看上去如此细致柔软的手掌，居然发得出那样惊天动地的声响；有些时候，我还真是为了听他那出奇爆裂强大的掌声才模仿李小龙的。

我和叶常仁、项迪豪都是李小龙迷，我告诉他们：李小龙所独创的截拳道另有渊源，叫做"跌拳道"——"跌"字是我好容易从字典里一笔一划查找而来，字形接近韩国国粹的"跆"，字义则是急速奔跑，比起"跆"字的"跃起、踢出、落下"又显得诗意而大方。我告诉班上的同学们：跌拳道是一门古老近乎失传的武术，比跆拳道久远，比截拳道实用；为了取信于人，我还掏出了一张印有"中华民国跌拳道推广协进会"单位字样的名片。那是南机场专印名片喜帖的小商家给印的，花了我五十块钱。

可是居然有人不认识李小龙，他叫曾国荣，来自一个我从前没听过的地方——后龙；有一天他在我身后猛可冒出一句："李小龙是谁？"我惊呼出声，转回身去，请他再说一遍，他就又说了一遍。我再问曾国荣邻座的吕志良——一个来自新竹、生得剑眉星目的大帅哥："他不知道李小龙呢？"吕志良挑了挑眉毛："所以呢？"

所以我立刻被右邻座的魏铭琦记了一笔。魏铭琦是本班风纪股长，两年后甚至干上了毕联会主席。我们十八岁之后，我再也没有见过他，但是想起他来的时候总觉得他没有从政尤其是跟立法或执法有关的政治事务真是太可惜了。

魏铭琦是带着极为强烈的耻感勉强进入成功就读的，他从大同中学毕业之后，应该已经混过"学而"之类的补习班，非第一志愿不足以显名声以扬父母的那种势头；这是为什么他的书包盖子一掀开，内面就有端楷毛笔的两行对联。字句究竟如何，我已经不记得了，大意则是：记取教训、洗雪耻辱、考上台大。

　　他可能认为，我就是进了成功高中居然没有耻感的那种麻木不仁的人，又或还是导致他将来不能雪耻的害群之马。基于地利之便，他经常能够就近观察到：我在上课期间，总是和叶常仁谈日本摔角、和项迪豪讨论孙铁汉的腿长、教曾国荣认识李小龙，以及和吕志良有一搭、没一搭地学两句客家话。魏铭琦用划"正"字的方法，记下我上课讲话的次数。

　　我们的导师胡达霄是国文科教员，日日西装革履，手提〇〇七皮箱，戴一副深色方框墨镜，上顶波浪状大油头一包。这一天下午班会时间他进了教室，〇〇七顺手往讲桌上摊平，摘下墨镜，说："刚轧进去一张票子，二百八十万。"我们都知道，那二百八十万不是高中国文教员兼班导薪水，而是胡达霄兼差开一家名为"南强"的电影公司业务所需。至于"南强"拍些什么片子，胡达霄从来没有说过。这一天他报告了轧票子的数目之后，右手朝我一戟指，左手插腰，用他那带有浓重浙江口音的柔软国语道："张大春！站起来——说，你自己说，今天上课讲话几次？"

　　我悉心回想了很久，真感不胜负荷，老是记不得某个话题到底是第十一次、还是第十二次的时候说的。胡达霄却再也忍不住了，斥道："三十二次！你一天上课讲话三十二次！你有几张嘴啊？"

回首我的高中生涯，我总是从这几张脸开始，到胡达霄的那几句问话暂停。我有几张嘴呢？真是个耐人寻味的好问题。一张嘴的确不够使唤，我的高中时代——不是雪耻考好大学的竞技场，我也当真没有一点耻感。这是我离开暖房一般的私立中小学、开始接触到各色人等的最初记忆，是那样俯拾皆是令人意外的异质。虽无可道之迹，却有不灭之痕。

是的，我承认，我从来没真敢跟孙铁汉较量。倒是后来有一次，我果然把一〇一的班牌踢缺了一角（真相是木牌摔落水泥地面的撞击所致），这事没有人说出去，连魏铭琦都没有。

叙事次第

叙事散文——未必一定要吻合现代意义所指称的小说；就是说事而已。

无论多么精彩的一个故事，总得想法子找个不同于寻常的方式来说，才能让读者留下深刻的印象。要紧的是先说什么、后说什么——也就是叙事的次第。讲究叙事次第的原则只有一个：持续制造读者对于这故事的多样悬念。

一人出门之后有一遭遇，读者当然想知道他遭遇了什么，但是这还不够，如能在遭遇之前说这人"出门下楼，忘了带伞，又懒得回去拿"之后，再说那遭遇，这就让读者起悬念了。

"忘了带伞"是会淋雨吗？"懒得回去拿"是已经下起了小雨，却不碍事吗？还是这人赶时间、过于心急呢？这都是短短十个字所刺激出来的立即联想。后来那人的遭遇无论是什么，先埋伏下来的这"忘了带伞，又懒得回去拿"便始终会是个悬念，就算读者被那人的遭遇所吸引，忘了先这十个字，之后终于下起滂沱大雨来，原先的悬念就起了关键性的作用。具有关键性作用的字句必须在毫不起眼的情况下提早暗示了读者。这就是次第的紧要之处。

底下的这篇例文，读来像是小说，起码是说一故事。说故事不外两端，若非勾人追问："后来呢？"就是引人追问："何以致此？"无论是情节上的推进，或者是心理层面的探索，尽管手熟的作者，也最好不要信马由缰，且写且想。叙事有必须全盘照顾的组织，也就是什么先说、什么后说的次第。

以下例文一开篇，河口上日日盘桓行乞的老丐一定是个明白人，对于自己的身份，他心头应该是雪亮的。不幸的是，这点明白还不够，加上一些好奇、一点贪念，他就愈发地坠入糊涂之中。而读者必须跟着他的好奇和贪念犯糊涂，读到最后才会有奇趣。

所以故事原本的观点（老丐）不能转移；他所经历的事，只能是令人眼花缭乱的奇遇，到后来，他陷入了不可抽身的窘境，最后不知所终。就算读者很想知道"后来呢？"，也不必有什么后来，因为答案会被另一个问题取代："何以致此？"作者悄悄调换了叙事内在的问题——惟其调换了这个问题，故事的教训才得以彰显。

值得附带一提的是命题。题目《雁回塔下雁难回》，看似与内文无关。就故事本身言之，大可以掐头去尾，根本不提雁回塔，可是为什么要虚晃一枪、添头补尾呢？因为通篇所叙，就是个虚晃一枪的故事——读过之后，会心者便会恍然大悟，连标题都像是虚晃一枪——等等，也不一定呢！从比较深沉一点的层次去看，老丐的处境，可不正是雁回塔下雁难回吗？

例

雁回塔下雁难回

这个故事发生于湖南武陵雁回塔，塔在三百年前就不知毁于何人之手，塔基没人见过，是以塔址随人乱说，后来有博物之人想出了一个法子，观看北地大雁南来，可有经过此地而回头的？若有，依其地再建一座塔，像是射了箭才画靶。可若不这样儿，空顶着个雁回塔之名，岂不无稽？

雁回塔边武陵关上，有个既老、又瞎、几乎半聋的乞丐，这一天听河口上人声鼎沸，说有四品官要乘官舫来巡，河道得让出来。午后时分，还真来了。舫窗前的官人，天青褂外带补服、顶戴，当真是四品打扮，打大老远就探头出窗，盯着岸边的老丐瞧看。

一旦泊船，官人奔向这老丐，双膝跪倒，道："您不是孙长者吗？多年前曾经收我为义子，助我回籍求取功名，今日选得此乡，得为开府——没料到义父沦落如此！"说着，放声大哭起来。老丐心想：你认错人了罢？又一想，何不装疯卖傻，看他如何伺候我；好日子得过且过，还嫌多么？遂漫声应道："我年老糊涂，前事如梦，都记不得了呢！"

官人依旧虔敬地说："虽然沾染风尘，面目犹存，儿子不会错认的。"当下传令，请"老封翁"沐浴更衣，栉沐须发，颐养了好几天，皤皤一叟，精神矍铄。

这官人仍然屡屡表示：让父亲沦为乞丐，日夜不能安。或是：父亲修饰整洁，衣履光鲜，随儿赴任，以光门楣。此虚荣显贵，亦礼之大者。接着，又跪着大哭："市中知晓父亲在关上行乞的，也不在少数；还望父亲为儿遮掩，莫要显扬这些年弃养之罪。是以往铺里买金买帛之际，姑不论合意与否，尽可摇头挑剔，切莫计较花销。"这一下老丐又清楚了几分：这儿子的孝顺，倒有三五分是怕人讥责，刻意要做给人看的。于是两轿两仆，整日在外，父子皆服四品衣冠，招摇过市。

上银楼买完金饰，知府把着店东的手道："我还要同父亲去至缎局，何不同行，顺便兑银入账，也省得家父再跑一趟贵号。"店东当然没什么好推辞的，跟着上了缎局，看他确是大手笔，缎局中一下单，备办的绸缎倒像要结亲。

一问之下，才知道这知府还真是个快要结亲的光棍，所有的衣帛金饰，除了给封翁的见面礼之外，都要运往省垣去联姻——他一开始没有明说，其实是不肯扰民——怕这些金铺、缎局的商贾会为了讨好而大送其礼，于是托言给父亲备办礼物，算一份孝思；底下人再喜欢拍马屁，也不至于替人尽孝，如此也就保全了官人的清廉。

缎局之中最珍稀宝贵之物都展示了，一时琳琅罗列，竟然都是入贡的上品。那老封翁只一个劲儿地摇头，问他是好是不好，也不大说得出所以然来。然而挑剔的是买家，多年经验使缎局和金铺的店东看出来：这一对父子果然是为了一个孝字而准备花大钱了。然而老封翁之不满意是实，这该怎么办？

知府于是道："何不请我妹妹过过眼呢？舍妹现在舟中，也就是半里之遥，凡将所列之物送往河干，让舟中人一寓目，即可定夺。"

这一下好，不是有两顶轿子吗？布庄自招一仆，随着轿子押货到码头。一夫扛去，一夫继之。舟中之人却是见一桩、喜一桩，居然都留下了。抬轿子的先回来禀报："绣缎皆是上品，但不知应该用哪一家银号平色银两？请官人自去检点。"

这知府于是同缎局主道："烦请侍奉家父暂坐，我去兑银，即刻便回。"说完一拱手，还是乘着原轿而去。到了船上，大串金镯子先分了两对给轿夫和缎局押仆，俱谢辛苦，道："我船中兑银尚须片刻，尔等先去吃饭，饭后再接我回饭庄了账罢。"

至于这故事的结局，很简单——假官船一溜烟地顺流而逝，老丐又给遗弃了一次。他想告诉捉他进官衙的两家店东说：他还真是第一次当上人家骗棍的父亲，但是没有人相信。

至于先前提到的雁回塔是怎么回事呢？雁回塔跟这事儿一点儿关系都没有。

从容

　　《包龙眼的纸》是一篇绝妙好文，作者林今开先生，文章发表于一九六三年九月号《文星》杂志，一九八一年编入中兴大学国文教材之前已由皇冠出版社收录于集中。这篇文章的好该怎么形容呢？我会这么说：如果你是在一张包花生米的印书纸上读到了这篇文章，不经心地看了一句两句，就会自然而然看下去，直到读完纸上所载，都忘了该配几口陈高。万一文章没刊完，你还会抢忙冲出去买第二包花生米。

　　《包龙眼的纸》是一篇叙事杂文，讲的是林今开先生亲身经历，他在一张包龙眼的英文杂志纸上看见一篇文章，作者是个曾经在一九五一年间飞运农药到松山机场加油的美国机师欧尼尔。文中盛赞台湾机场的领班工人如何身着毕挺西服、口操流利英语，文质彬彬、风度翩翩地执行搬运任务。林今开先生以为作者恭维太过，而现实不符所书，其事必有可怪之处。然而原文不过是将就包装纸的尺幅而呈显，中间还有些残破，一时间不能解疑，不得不访察考证。

读者会为林今开先生上穷碧落下黄泉的追究而感动，也不免会在篇末得着答案的时候会心一哂。若是说到了作文章，《包龙眼的纸》更突出地示范了一种不疾不徐的从容。何以致此？简单一句话：就是不急着给答案。

今天我们说人不会写文章，文章不好看，说穿了就是不会做人。不会做什么样的人呢？千万别以为答案是不会做好人，应该说：今天的人不会写文章，全是因为我们不会做有趣的人。什么样的人是有趣的人？我后面会说，现在先说作文——

林今开先生把全文的重心放在令人不敢置信的误会上，借由作者不相信角色的叙述，令"质疑"成为推动阅读的力量。这样的文章不会出自一个爱教训的人，更会令人想起"夫子循循然善诱人"的话；恰恰就是这不说教的意思、善诱人的手段，让散文焕发光彩。

循循，说的是一阶一步、次第分明，不外要使学习者自发地掌握求知线索。即使在不像有什么大了不起的学问上作学问，也还作得那样津津有味。更要紧的是，在已经知道答案（欧尼尔是怎么误会台湾的？）之后，不但不急着揭示答案，还老是兜着自嘲多事的圈子，这更十足掌握了"缓慢"的情味。

我们今天教中学生写作文很难，那是因为他们在当小学生写作文的时候就给打坏了底子。我们从小教孩子作文，就只教他们应和题目。什么是应和题目呢？说穿了，就是说教；就是抢着、忙着、急着给答案。你看看：《礼貌的重要》、《上进心的重要》、《道德和学问哪个重要》……诸如此类。如此写到后来，什么都不重要，只有看不起作文最重要。当人们可以不写作文之后，甚至会以为：文学不过是一种装饰，一种尽教人说些假话的玩意儿。我们在学会那样写作文的同时，也失去了认真对许多不见得有用的事物产生好奇、并加意探索的能力。

是了，对许多不见得有用的事物产生好奇、并加意探索，这便是有趣。

例

包龙眼的纸

林今开

我从巷边水果摊上买了一斤龙眼回家，吃过了，却不知道什么味道，我竟被那张包水果的破纸吸引住了。那是一张被扯开的英文刊物双页相联的单张，印刷很精美，虽然有点残破，上面刊载着一位署名欧尼尔撰写"飞行搜奇录"，我却读得津津有味。这位老飞行员记述他在北极飞行所见的奇景，非洲上空与巨鸟相撞的惊险，西班牙的艳遇，罗马的受骗……种种奇闻怪事，最引我注意是一段描写在台湾的见闻，文端有个很醒目的小标题："最文雅的苦力"，我将这段残缺不全的文章摘译如下：

> 一九五一年的一个夏天的午夜，我从泰国驾着一架运载农药的专机飞抵台北机场……（残缺）……由三辆卡车运来一批温文尔雅的工人，他们大都穿着漂亮的外衣和皮鞋，有的戴着很合适的领带，也有……（残缺）……他们拥进了机

舱，起初我很疑惑，以为海关派来这么多的验关员，后来才知道他们都是卸货工人，这是我从未见过的好礼而高雅的机场苦力，由一位头发灰白而精力充沛的领班带头做工，显然他们水准相当高，每一位都能辨识装箱上面的英文字；动作敏捷而谨慎，不像一般机场搬货工人，把东西乱丢乱摔；最难得是他们互相礼让，彼此呼应，好像一个大家族在假日野餐聚会中所表现愉快和合作，这是世界最文明国家机场所见不到的景象。货都卸好了，那位年老的领班和我握手鞠躬，虽然他不会说英语；但由他的诚挚和虔敬的表情，我知道他是向一个在深夜里由异域飞来的飞行员致由衷的敬意。

我站在驾驶室门口，望着这一群可爱的苦力乘着卡车在铺满了月色的机场上疾驰而去，我仿佛感觉在这个夜晚误降在地球以外的地方，或者是地球上的一个新的奇妙境界吧？在这古老、文明，而讲究礼仪的地方，我看到孔夫子的后裔有礼貌，而尊重地工作着，那是最自然不过的事，如果我……（以下残缺）

我对欧尼尔所写在台北这一段见闻录很怀疑，我不相信松山机场有如此高雅的起卸工人，因此，我将这张沾满了龙眼汁的包装纸，放在太阳下晒了一晒，再将裂处用透明胶带黏补起来，寄给在台北一家航空公司服务的朋友，问他这是哪一家杂志的出版物？可否找一份给我看看这篇文章的全貌？欧尼尔是哪一家航空公司的飞行员？又请他就便打听松山机场对起卸方面有没有什么特别服务队，像那位老飞行员笔下所描写那么高雅的工人？

四天以后，我收到这么一封回信：

开兄：

现在我明白了你始终胖不起来的道理，你花几块钱买了一大包龙眼，心犹不足，还要在包装纸上大动脑筋，这样做，包你活不长命，但是，我又不能不满足你，承询各点，谨答如下：

一、经查本公司几位外籍工程人员，据他们说：那可能是英国航空协会出版的季刊，但是，他们手边都没有这种刊物，又不知卷号，无从查考。

二、查本公司历年人事卡中，无欧尼尔其人，至于其他公司无从查起。

三、关于松山机场卸货工人，我和他们经常接触，他们还不错，但从未见过像欧尼尔笔下那样高雅的工人，如果他有意替我们捧场，你何必挖疮疤呢？如果他写神话，你又何必认真呢？

朋友！我赞成你多吃龙眼，因为它含有丰富的营养，但是，如果你吃了几颗龙眼，又在那张包水果的破纸上大动脑筋，消耗去更多的维他命，岂不是"得不偿失"吗？随函寄上那张脏兮兮的破纸，把它扔掉吧！

你的朋友×××上

我并不听话，还再到那个水果摊去买龙眼，希望水果贩能给我几张类似的包装纸；可是任凭我在纸堆中怎么翻来覆去，找不到。老板说：他记得有一捆像那样子的印刷品，都包了龙眼给顾客带走了。

　　我并不灰心，要继续找路子查证那篇文章。我写信向台北飞机场、台北海关等机关查询，他们都说：这事至今已隔十二年，既不知航空公司称号，又不知道收货单位，实在无从查考；接着，我又上函经济部、农林厅、农复会、粮食局、糖业公司等单位，查询在一九五一年夏天曾否空运进口一批农药，这架货机在深夜里降落卸货，他们回答全是"没有"。

　　我终于得到一个"有"的回答，这回答是来自美援会。但是，当时起卸工作并非由该会负责，何况至今人事全非，资料不详。我又根据美援会提供线索，继续追踪访问了好几位机场货运起卸作业人员，由他们片断的记忆，剪接成下面真实故事：

　　一九五一年夏天的一个午夜一时十分（正确日期，至今未查出），美援会秘书长王蓬正在他的公馆熟睡中，忽然被一阵电话铃声吵醒，那是松山机场给他紧急通知：美援会空运进口一批农药的飞机已经降落，因这架飞机负有急迫的任务，临时决定续飞往东京，限当夜三时以前起卸完毕；否则，将先飞往东京，以后再想办法将农药转运来台湾。

　　当时美援会空运这批农药，为了抢救当时台湾某些地区所发生虫害，既然已运抵松山，自然非设法起卸不可，但是，在三更半夜里，临时到哪里雇工人呢？王蓬秘书长思索一下，想起这时候，整个台北有一位官员必定还在办公室里，他是粮食局长李连春，通常他和重要随员在午夜二时以前，很少离开办公室。他于是决定挂个电话给他试试看；如果李局长也没有办法，只好让飞机飞走算了。

午夜一时十分，李连春局长接了王蓬的电话，他毫无犹豫地回答："当然，当然要卸下来……我负责，三点钟以前……来得及，来得及！你先派人到机场等我的卡车好了！"

李局长把这件事告诉随他同甘苦的高级僚属，他们都大惊失色，这件事怎么好轻易答应下来呢？现在是什么时候了！

"没有问题，我做给你们看！"李局长说："马上打电话到车库，通知值班司机，在五分钟以内，开两部卡车到办公室门口，耽误一分钟就要受处分！"

四分钟以后，办公室门口传来响亮的卡车喇叭声，除留下一位秘书和女工友外，三位高级僚属都被李局长带走。

"开往松山机场！"一位僚属说。"不！"李局长说："开南阳街。"

当两辆卡车在寂静的街道上奔驰时，三位僚属相对无语，但心里都在疑惑着：那条街全是机关行号，没半个工人寮，开往那里去干嘛？

车开到南阳街街口，李局长说："开到单身宿舍。"他们走进粮食局单身宿舍，把一个个睡得像死猪的职员都叫醒，限他们在五分钟内，穿好衣服，锁门登车。

当卡车向松山方面疾驶的时候，有一位职员轻声地问："科长，什么事呀？"

"到时候，你就知道。"

"我们押到松山去枪毙。"车厢后座冒出一句话。

这句话却使大家笑得精神起来了，在那里原有一个古老的刑场，此时在夜风呼啸中，真的令人毛骨悚然。

午夜二时四十分，这两部卡车装满了农药，药箱上坐满了公务员，驶回粮食局大门口。有一个人从局里疾奔出来，他紧紧地握着李局长的手："李局长，你……"

这个人是王蓬秘书长。

李局长却变成欧尼尔笔下的领班。

——刊于一九六三年九月号《文星》杂志，一九八一年编入中兴大学国文教材。

（本文收录于林今开先生著作《连台好戏》，二〇一六年好读出版重新刊行）

强词夺理

——"因为所以"、"如果就会"与"即使仍旧"、"虽然但是"

看题目，会以为说的是造句。读过小学的都会造句。低年级生的作业簿上首度出现删节号（……）的地方，往往就在这些造句练习的题目里。把这些删节号填成文字，连缀上述诸语词，这一项功课便作完了。绝大部分的人这一辈子不论写什么议论文字，不外就是因袭这几个语词，扩而大之。更简明一点说，论说之文就是两套：有理说理，无理取闹。

本来，说理之文所操弄的不过就是一个"因为所以"、"如果就会"，画了靶就放箭，虽不中亦不远。这个理，能教人同意否？能使人相信否？能令人服气否？非说理之所计。惟其明明意不在说理，而状似说理，这样的取闹文章，多有"即使仍旧"、"虽然但是"的声势，也就是强词夺理了。有些时候，行文间偷渡一些个强词，人尚以为有理，文章才显得热闹。

强词（亦作强辞）的"强"字有两个读音，读二声的"强词"指强而有力的话语；读三声的"强词"原先写作"强辞"，最早出自北宋时代范仲淹的一篇文章《上资政晏侍郎书》："公曰：'勿为强辞，莫不敢犯大人之威。'" 意思则是强调无理而强辩。今天我们常说人"强词夺理"，最早也不过就是宋、元之间，戏曲家关汉卿的作品里就有"强词夺正"的话。

指出这个语源，是要说明：自有"强词"二字以来，它就不是个让人愉快舒坦的词，总带有一些大言欺人的况味。讲常理不必强词，不讲常理才要强词。论及写文章，还真得要强词才好看。也就是说，把一套正面说惯、说老甚至说瞎掉的道理翻过面来说，"即使"众议如故，"仍旧"生面别开；"虽然"不依常轨，"但是"有迹可循。

也大约是从北宋的三苏父子开始，翻案文章大行其道。翻案，不只有掀桌的隐喻，也有推翻陈言、打破旧说乃至于重新立意的企图。这种文章旨在不落俗套，使人不囿于成见，暗藏弦外之音。

例

文言、白话根本是同一种语文教育

国文课纲修改的争议，虽然有很大的讨论空间。不过，这里面隐藏着一个虚假的命题，那就是文言文教育和白话文教育的对立。若非蠢笨无知，即是有心混淆，才会把文言和白话分别成两种互相排挤的教材。这个误区，无论主张增加课程中文言文比例的教授先生、或是反对者，都踩上了。

以文言、白话为教材分别还不算，还进一步强断是非，锱铢计较，以数字比例之65%：35%、或是55%：45%为准则，更属极为荒唐的争执。但是争执一出，也不免令人见猎而心喜。因为这样做，一方面画出一条时间切割线，将"古代"对应于"现／当代"，一方面画出了一条政治切割线，将"中华文化"对应于"本土文化"。

本来不是政治议题，一旦加进政治筹码，就会令浅妄的族群议论包揽了文化教育的词讼。我必须说：对于谈论文言、白话教育，这是无效、无聊也殊为不智的。请溯其源。

先说一个经验。当我在大学中文系上《史记》的时候，老师引《陈涉世家》说：你们读读这两句："夥颐！涉之为王沉沉者。"这是什么话？先不解答。我昨天中午上电台，一进电梯就听一人跟另一手提七八个便当的人说："霍！你他妈的吃这么多？"被说的那人到底吃多少，我不知道，但是"霍"肯定不是他的名字。那个"霍"，就是"夥"，一声之转；"夥颐"也就是"夥矣"。在《史记》的注解里，说明"夥"这个语词恰是楚人的方言，形容"多"的意思。"夥颐！涉之为王沉沉者。"正是陈涉那些河南老乡来参观他称王图霸之后居处的宫室所发的叹词："真是大呀？你当了王，竟然住得上这么深的宅子？"我不敢说看人拎着七八个便当而开玩笑的那人一定是"楚人"，可是，就算不是楚人的人，有没有在表达惊奇、表示赞叹的时候说过一声"霍！"呢？

这就让我想起另一件事：我去探望病中的作家刘慕沙阿姨时，和谢材俊闲谈，不知如何缘故，材俊说起一个字"旋"，说这就是闽南语里面"撒尿"的用字，直到今天，闽南语说撒尿还用"旋尿"一词，语出《左传》。我回家一直找，果然。《左传·定公三年》："夷射姑旋焉。"

不只《左传》，千年之后的韩愈也在为死守睢阳殉难的张巡所写的《张中丞传》里来上了这么一句："巡起旋。"（张巡起身尿尿）从春秋时代到中唐到今天，其尿尿也一。不过尿个尿罢了，这意思未必就是要证明"两岸一家亲"了，说的其实是自然形成而使用的语言，不会因为人强为分别、力主差异、甚至勉作隔离而形成认知的障蔽。

国语文本来就是文白夹杂，使用者随时都在更动、修补、扭曲、变造我们长远的交流和沟通工具——包括把"女朋友"说成"女票"、把"什么时候"说成"神兽"、把"鼓起勇气"说成"古琼气"、把"中央气象局"说成"装呛局"的现代人（尤其是年轻人），也随时在增补修缮破坏重组这一个语言体系。我尽管未必习惯或喜欢，但是从来不会去谴责教授先生们一向嗤之以鼻的"火星文"。同样的道理，对于流传了千百年而仍旧为人所使用的语言，我也不觉得一定只该被现代人鄙夷、抛弃或遗忘。

加强或提升国语文的水平，就是要从有效率地培养对于常民语素的敏感做起。请扪心自问一下：我们能够甄别出日常白话语言之中有多少文言文的语素吗？我们的文言文或白话文教育支持这种能力的培养吗？在那些莫名其妙的65%：35%、55%：45%之争以前、以后，"教育部"有什么样的施教作为之规划，能够让文言文显示其充塞于语体之中，毋须死背硬记取高分，却还说服得了受教者：这是我们的文化精髓？

至于强词聚众、呼群保义，力主降低文言文比例，多让现／当代作品进入中小学课本的人士们，我看其中有不少作家，对于这批人，我只有两段话奉告：从现实面来看，再好的文章，一旦进了课本，都在这种升学体制的摧残导引之下，惹得学子生厌。汲汲于让现／当代作家看来成为助纣为虐的工具，又是何苦呢？从理想面言之，你们还是多写几篇像样的文章，付之广大的读者，文章流传而自得地位，这才是王道。毕竟李白、苏轼没有号召群众把自己的诗文列入课纲或考题过。

是的，我举了"旋尿"作例子，好像很有趣，不过，徒利尿不足以醒脑，纠结在国语文教育上的问题还有许多，可以说："霍！问题真多。"

在现代、日常、庶众所使用的白话文（包括方言）中找到古典的来源是一桩令人惊喜的事，却未必能让人就此认定文言文值得学习。人们通常有另一种成见，认为古典的欣赏是出自个人的兴趣、嗜好，不应该动用国家资源挹注，予以普遍培养。这一派的论者，大多以实用实学为嚆矢，认为学校教导学生学习谋生就业所需即足矣。这一派论调的浅薄在于他们不了解：国语文能力的薄弱，是有碍于学生们吸收旁门学科知识的。换言之：国语文教育的粗疏偏颇，会导致学生不能理解英文、数学、物理、化学等科目究竟在说什么。

心急的人会立刻反诘：学习文言文能帮助我解算二元一次方程式习题吗？能帮助我明了白垩纪末期的大灭绝事件吗？能帮助

我认识什么是惰性气体吗？——既然说到惰性气体，我不免想起一个例子。

我相信很多人都在初中时代背过化学元素周期表，考完就忘了的所在多有，此生衣食住行再与惰性气体无关者亦所在多有，成长后不以氦氖氩氪氙氡为兴趣、嗜好者更是所在多有，但是我还记得当年老师说："镭元素放出 α 粒子之后，就变成氡。"这太令人惊奇了！一种元素变成另一种元素？是的！放射性元素放射出粒子而转变为另一种元素，这过程还有个名目，叫"衰变"。

在国语文应用的常识范围里，衰变是衰落、变化之意，东坡诗："年光与时景，顷刻互衰变。"的确与化学上的意义南辕北辙、迥不相侔。但是，用"时衰世变"的语境来隐喻这个化学变化的过程，似乎相当贴切。再往里面推看一层，当我们认知惰性气体之名的时候，其实也在认知其内涵。惰性（inert），有"缺乏生命力"（lifeless）、"散漫"（sluggish）、"欠缺动力"（motionless）之意。除非人工合成或其他外力，惰性气体很难与别的元素结合成化合物，这也就是惰气（inert gases）的来历。名物尚不止乎此，正由于自然界罕见，所以惰性二字也可以置换为"稀有"，叫它们 rare gases，甚至 noble gases。

这些小常识随手可以撷拾而得，根本谈不上学问。不过，在认知的过程中，inert、noble 这样的字眼，可不只是实用罢了，这种字的出现，虽不是基于修辞、审美而使用，却充满了隐喻的趣味。不同领域之间、不同语文之间求知、认知的过程，难道不是文学作用而会心使然吗？让我们回头看那"衰变"二字，你能说它不是文言文吗？你能说它不是白话文吗？我要说它都是，而且还是学习化学所必须的国语文。

国语文教育真正的问题不在两种语（文）体之对立互斥，而在教学实务欠缺融通变化；还不仅是独立一个科目的教学实务，更牵系着各科知识能够被学生理解的根本。

我们习焉不察地接受沿袭了近百年的教本形式，认为国文嘛，就是一篇一篇流传千古或风行一时的知名文章，读透背熟、潜移默化，自然能心摹手追、灵活运用。

通常是这样的：一篇文章（或是一篇节选的文章），附以作者生平（多是知名文人）、附以主旨解说（就是三言两语说个歌词大意）、附以语词注解（抄抄现成的字典词书），由老师在课堂上逐字逐句对照剖析，一学期十几二十篇，一学年三十出头篇，三学年一百又几篇，六学年两百又几篇——这就是中等学校一整个儿的国语文教育了。其间，举岛若狂的争议居然是如何订出文言白话比例，依凿下柄，这就算是课纲问题了。

请容我钻个缝悄悄质疑，怎么没有一个人肯虚心替化学课上的学生问一声：为什么"稀有"就"高贵"了？氦氖氩氪氙氡是怎样高贵的？这是我打从初中时代就问过我的国文老师陈翠香、以及化学老师林超的。他们都是我至今感念的老师，但是当时都没有给我满意的答案，我的疑惑至今未解。

这疑惑盘桓于心四十五年，我一点儿都不觉得有什么过不去的，反而常常是在不断地自问"稀有为什么就高贵了？"的时候，我会迫使自己进入某些更深层次面对人生选择的辩证，比方说：稀有之物是因为难得交换而增益其价值吗？那么，不从事交易就应该具有更高的价值啰？这一类衍生的问题就和实用的化学无关，而与我的价值观有关了——这种思考辩证，难道不实用吗？

疑惑的背后往往是更为巨大的问题：无论我们需要什么样实用的知识，学习者都在很年轻、甚至很幼小的时候，就已经面对着许多非实用的疑惑。我们不可能设计一套教材回应千奇百怪的个别疑惑，但是却不能不培养学生应对数学、英文、生物、理化……各科的语文问题（甚至是思想或哲学的问题）。这是国语文教育的根本目的——我们需要更细腻的教学，让学生有能力掌握数学课的国语文、英文课的国语文、生物课的国语文、理化课的国语文……，以上的"……"还包括历史、地理、生活、伦理、公民甚至家事与美术劳作。

一旦坚持"只有加强文言文阅读比重，才能孝顺父母"的时候，论者就自信太过了；一旦坚持"现代白话文中常用古文，学生自会从现代白话中获取，故无读文言之必要"的时候，论者也一样自信太过了。时人应须明了："无知永远不会加害于人，只有谬误的观念才是最有害的。我们不是在无知中迷失我们的道路，而是在自信中迷失的。"

这是卢梭在《爱弥儿》（E'mile）中所说的话。

卢梭虽然说他"厌恶书籍"，也不鼓励人读亚里士多德或者布封〔他只需要几本书，其中一本是《鲁宾逊漂流记》（Robinson Crusoe）〕。可是连他也强调教育的对象（他虚拟出来的学子角色爱弥儿）必须："是宽容的，不是由于知识，而是由于获取知识的能力。"

"爱弥儿对于自己的行为，必须要知道'为什么'，对于自己所相信的，必须要知道'何以故'。""我的目的，"卢梭说，"不在把精确的知识教给爱弥儿，而在教他获取必要知识的各种方法，并教他去估计这种知识的真正价值，以及教他去热爱真理超过一切事物。"

请容我举一个五十多年前的例子。在上幼稚园大班的那年，父亲为我找来了当时小一的国语课本，回想当时，他老人家不免有让我抢占先机的私意。父子俩翻开书，发现第一课的课文只有两句："拿起铅笔来，放下铅笔。"我父亲当时就说："这是什么玩意儿？"遂只好带些失望之情地说："咱们爷儿俩今天就说一个'拿得起、放得下'吧！"有些细节，如今思之，印象也都模糊了。只记得"爷儿俩"抢着桌上所有能拿得起的东西，其中有铅笔，也有橘子、花生米以及形形色色的零食。

我常忘了多年来背过的一大堆古文，篇名有印象的还真不少：《祭妹文》、《泷冈阡表》、《鸣机夜课图》、《先母邹孺人灵表》……印象中古人就是一个又一个不断地死去。其中最令我有感于心、不能或忘的，还是最早的那一回，那些拿起来、放下去的零食和水果——"拿起桃酥来，放下桃酥；拿起……"到头来都进了我的肚子，父亲什么也没吃，他拿起来，放下都给了我。其间，还教我算算术，吃了多少样东西、又剩下了多少样东西，拿起了几个、又放下了几个。那是一堂什么课呢？国语课？算术课？还是伦理课？对我而言：拿得起、放得下却成为一生不移的铭言。

从这个非常个人的例子回想一下：我们沿袭了多少年的国语文教材虽然淘汰了"拿起铅笔来，放下铅笔"却还没有脱卸名家名篇的迷思，也彻底没有思索过：行之有年的名家名篇究竟如何能让学生养宽容、爱真理——这些话本来不该是道德教训，而会须是实用的技术。

　　我只能这样想象着：有朝一日，国文课本的每一课都是一道人生的谜题，从一句俗语、一篇故事、一首诗、一首流行歌曲、一张照片、一部电影、一出戏剧、一栋建筑、一套时装、一宗古董……一幕又一幕的人生风景，提供学生从其中认识、描述并解释自己的处境。"我们真正的教师，是经验、是情感，除了人在他自己的情境之中，永远学不到什么是有益于他的东西。"这也是卢梭的话。

文言启蒙

先父在日，说教总趁机会，不轻易出击，想是怕坏了我学习的胃口。尤其是关于某些难教难学的知识或手艺，若我不攀问入里，他仿若全无能为，往往只是应付几句。除非我问到了关隘上，他知道我有了主动求知向学的兴趣，才肯仔细指点。

那是在小学六年级的时候，我无意间翻看了书橱里的几本风渍书，纸霉味腐，蛀迹斑烂，字体粗黑肥大，个个都认得，可是通句连行，既不会断读、又不能解意，仍把看了很久，觉得太奇怪了，只好请父亲给说一说。

那是一套名为《史记菁华录》的书。多年后回想起来，当时捧在手里的，是给父亲翻烂了之后、重新用书面纸装帧过的小册子，父亲接过书去，卷在掌中，念了几句，说："不懂也是应当。这是《项羽本纪》。"

这一天晚上他给我说了楚霸王自刎在乌江的故事，却始终没解释书上的文句为什么那么写。我最后还是忍不住问了："为什么你看得懂，我看不懂？"（其实我想说的是：为什么每个字我都认得，却看不出意思？）

父亲回答的话，我一辈子不会忘记："一个个的人，你都认识；站成一个队伍，你就不认识了。是罢？"他把手里的书往桌上一扔，说："这个太难，我说个简单一点的。"

接着，他念了几句文言文，先从头到尾念了两遍，又一个字、一个字地解释，在将近五十年后，我依旧清楚地记得字句：

　　公少颖悟，初学书，不成。乃学剑，又不成。遂学医。
公病，公自医，公卒。

公，对某人的尊称。少，年纪还很小的时候。颖悟，聪明。学书，读经典。学剑，练武功。学医，学习医术，给人治病。卒，死了。

他说到"死了"，我就笑了，他立刻说："懂了？"

那是一个笑话，描述的是一个我觉得非常令人悲伤的人。没有谁知道那人在死前是不是还医死过别的病家，但是能把自己活成个被称为"公"的年纪，应该还是有些本领的。只不过这中间有太多未曾填补的细节。

父亲说："文言文的难处，是你得自己把那些空隙填上，你背得愈多，那空隙就愈少。不信你背背这个'公'。"

"公少颖悟，初学书，不成。乃学剑，又不成。遂学医。公病，公自医，公卒。"

这是我会背的第一篇文言文，我把原文背给张容听，他也大笑起来。我说："懂了？"他说："太扯了！"

大部分的孩子在课堂上学文言文时觉得痛苦，是因为乍看起来，文言语感并不经常反应在日常生活之中。可是，日常生活里也不乏被人们大量使用的成语，这些话俯拾即是，人人可以信手拈来——仅此"俯拾即是"（出自唐代司空图《二十四诗品·自然》："俯拾即是，不取诸邻。"）、"信手拈来"（出自宋代苏轼《次韵孔毅甫集古人句见赠》诗："前身子美只君是，信手拈来俱天成。"）二语，都是文言；只不过谁也不需要在读过、背过司空图和苏轼的全集才能使用这两个词语，文化的积淀和传承已经将文言文自然化约在几千年以来的语体之中了。

然而，一旦要通过文言叙事、抒情，就得理解那些空隙。我们单就"公少颖悟"这一篇来说，一共九句、二十五字，行文者当然不是要颂扬这个"公"，而是借由一般行状、墓志惯用的体例、语气和腔调来发展嘲讽。那些刻意被省略掉的生活百态、成长细节、学习历程、挫败经验……通通像掉进沙漏的底层一般，只能任由笑罢了的读者追想、补充，你愈是钻进那些不及展现于文本之中的人生、缝缀出也许和自己的经历相仿佛的想象经验，就愈能感受到那笑声之中可能还潜伏着怜悯、埋藏着同情。

从用字的细微处体会：初、乃、又、遂领句，让重复的学习有了行文上的变化，可是末三句显然是故意重复的"公"字，却点染出了一个一事无成者此生的荒谬喜感—— 即使它有个悲剧的结局。九句不超过四个字的叙事，的确到处是事理和实象上的"漏洞"，却有着精严巧妙的章法，读来声调铿锵历落，非常适合朗诵。

不信的话，可以试试。

此外，我们可别忘了：《史记·项羽本纪》一开篇介绍了项氏"世世代代为楚将"之后，就是这么说的："项籍少时，学书不成，去；学剑，又不成。"

例

烧书略得风雅

犹记少时读《庞檗子遗集》："春尽横塘雨又风，昏灯短被卧孤篷。梦回何处数声笛，却忆枫桥半夜钟。"家大人笑谓："化古之难，由此可知。庞家乌篷船上'夏蚊成笛'，居然也风雅得想起《枫桥夜泊》来！"

庞树柏，字檗子，号苦庵，江苏常熟人。这一首《舟中夜闻笛声》化古不成，还不能得一妙字，闹了不少笑话。它的根本问题是第三句第五字，若要合乎近体诗的声调，此处应出之以一平声字，如果非用仄声字不可的话，下句第五字亦应转为平声字以救之，如老杜《蜀相》"映阶碧草自春色，隔叶黄鹂空好音"者是。这首诗的毛病尚不止此，据说与庞檗子同为南社社员的诗人陈去病就曾经说它的题目都嫌废话多了："此题一去其'舟中'可也，二去其'夜闻'可也，三去其'笛声'亦可也。"

更有意思的是庞檗子的一首《烘书误焚百卷有感》，从诗前短序可知，这一批不幸烧掉的大多是作者刚购得而尚未及阅读的书：

"木渎南庐藏书有未及寓目者都百三十册，比来霜雪侵陵，霪雨漫
漶，烘之竟焦烧一空，共瓶庐居士条幅并成飞灰，不胜叹泣。"

这里得先来上一段小注。瓶庐居士是谁？就是大名鼎鼎的翁
同龢。翁同龢字声甫，号叔平，晚号松禅、瓶庐居士。清咸丰六年
（西元一八五六年）状元，授翰林院修撰，先后为同治、光绪两代
帝师，历官刑、工、户部尚书，协办大学士，军机大臣，总理各国
事务大臣等。

以庞檗子的政治立场来看，对于翁同龢未必肯一同声气，之所
以会收藏他所写的条幅，应该还是基于纯艺术的爱赏。条幅给失火
烧了，庞檗子显然还是心疼得很。

底下这首诗里同"宰相"一职作对仗的"参军"——不消说，
就是指桓温任荆州刺史之时的南蛮参军郝隆，此公七月七日坦腹晒
太阳当晒书的故事见《世说新语·排调》，识者耳熟能详，也就不
赘了。但是，下引诗句中为什么会有"宰相筋"一语呢？我只能
就记忆所及胡乱猜测：松禅相国之书，笔力遒劲，世所共知，而卫
夫人《笔阵图》更有"善笔力者多骨，不善笔力者多肉；多骨微肉
者谓之筋书，多肉微骨者谓之墨猪"之语，猜想是庞檗子铸词的来
历。诗作如此：

千金散去最殷勤，刻烛风檐望不群。
邺架风流惊一炬，秦灰劫数哭三坟。
无端过化参军腹，有幸熏炙宰相筋。
且送烟轻江渚上，霞红漫染是斯文。

这诗是有情感的。但是南社诸公群而不党，有位出身湖南湘乡的张默君就曾撰小文品题："芑庵烘书误焚之事绝不堪说，以其偾事之愚，不宜示众也，而竟赋之，怪哉！"意思很明朗：能干下这样的蠢事，还好意思赋诗宣传吗？

我的看法不同。庞檗子是有所本才敢写这首诗的。

有个更老几辈的老前辈，是《清史稿·列传二百六十九·儒林三》的传主之一郑珍（西元一八〇六至一八六四年），字子尹，晚号柴翁，别号子午山孩、五尺道人、且同亭长等等。郑珍有一个念起来像绕口令的集子——《巢经巢诗钞》。在这个集子的卷三之中，有一首诗题名《武陵烧书叹》。烧书之人好像都得有个说法，郑珍自不例外，他的这首诗也有一篇序，说的那一套跟后来的庞檗子一模一样：

> 十二月朔泊桃源，夜半舷破，水没半船，翌抵武陵，启箱箧，皆透渍。烘书三昼夜，凡前所钞述者，或烧或焦，半成残稿，为之浩叹。

诗是可爱而富于人情的，把爱书人的焦虑伤感以及懊憾表达得淋漓尽致。

> 烘书之情何所似，有如老翁抚病子。
> 心知元气不可复，但求无死斯足矣。
> 书烧之时又何其，有如慈父怒啼儿。

恨死掷去不回顾，徐徐复自抚摩之。

此情自痴还自笑，心血既干转烦恼。

上寿八十能几何，为尔所累何其多。

有了郑柴翁这首诗，我才敢说：烘书不成而烧之，是另一种不便明言其谑的风雅——得以一举而燔之的恐怕都是些化为烟埃而不必觉得可惜的玩意儿。别跟人说，我也烧过。

文言语感

文言文似非生活之必需，亦非创作之切要。不论写些什么，若借助于文言精省的修辞，万一不得其门而入，画虎不成反类犬，说不定还会招惹讥嘲讪谤。

但是从另一方面说，白话文章作到某些关节之处，赫然精省修辞，有奇突警策之美；就像一个人，忽然剪了一头短发，就当下的视觉效果来说，显得焕发抖擞，矫健昂藏，平添精神。

文言文与白话文不是两种语文，是一种语文里不同语意密度的组织方式。顾名思义，白话文依傍于语体，写出来的东西之中，有些语符占据了空间，却不见得表达了意思；或者说：不是所有的语符都担负等量相当的表意任务。

让我们假想：表意的语言构造有如一个光谱，意象稠密的一端就是诗，意象平浅的一端就是日常言语。以日常语言表达的某一个情境，相当程度提供了语意的凝练，使之不似日常语，就会产生让人激动的力量。譬如说：与心爱之人依依不舍地分别之后、夜行遇雨，将携灯笼，独自步行归去，到了光谱另一端，其表现是这样的："红楼隔雨相望冷，珠箔飘灯独自归。"这里面有些东西增加了，像是"红楼"的地点细节、"珠箔"的雨花状态，还有诗句本身必须恪守的声调格律；却也有大笔简省的东西，像是相望的人究竟是谁？两者的关系究竟如何？似乎隐藏在更广袤幽暗的地方。

相对论之，文言文心摹手追，仿经道史；脱胎于诗书之词，锻魂于典籍之语。大多数不能凑泊欣赏的人，是苦于文章中难以贯通意思的语符太多，也就是说，在语意密度过高的词汇之间，没有联通架构的管道，如人行路，当面错失，那是由于我们一时想不起在哪儿见过。

文言文教养（或文言文训练）或恐不像许多人所鄙夷的那样，只是该被抛弃、被遗忘、甚至被消灭的腐朽。往深处看，文言文也可能还是一个透过高密度的语意载体，蕴藏着书写者不常暴露或不多自觉的心事情怀呢——说得激进些，不写文言文，你就错失了一种开发自己情感的能力，多么可惜！

例

一种壮怀能蕴藉，无端絮语织慈悲

除了写现代诗的一群小众之外，我这一辈的人听到"诗"这个字，大约都会流露出古今一律、轩轾不分的畏色，连忙摇头，意思仿佛是说：这个咱来不了！在一般人连白话文都说不明白、写不晓郁的环境里，现代诗带着点不欲随俗的孤僻，而古典诗则带着更多不能还俗的腐朽。

我常想说服一些语感敏锐的朋友同我一起写写古典诗，总不能如愿。拒绝习诗、写诗的人总觉得把弄文字过于做作——有大白话可以直说，何不直说了明白畅快？这不是今之不作诗的人独有的见解，连古代极同情诗人的人也有这样的态度。

令狐绹向唐宣宗荐举李远出任杭州父母官，宣宗说："我听说他写过'长日唯消一局棋'的诗句，这样的人可以担任郡守吗？"令狐绹说："诗人的话，不能落实了看。"李远后来还是在宣宗首肯之下上任了，但是令狐绹的话必须仔细分辨——难道诗人都是柏拉图所谓"编织美丽谎言"是以该逐出理想国的骗子吗？诗人之言不可落实，那么"修辞立其诚"的话是教训谁的呢？

有人呈送了一部诗集给张南轩过目——南轩即张栻，与朱熹、吕祖谦并世为南宋大儒，号为湖湘一脉宗师；他给了"此诗人之诗也，可惜不禁咀嚼"的评语，接着还发表了一番闳论："诗者，纪一时之实，只要据眼前实说。古诗皆是道当时实事。今人做诗，多爱装造言语，只要斗好，却不思：一语不实便是欺；这上面欺，将何往不欺？"

难道诗非得直书胸臆闻见不可吗？若是不能文如其人，即是欺心吗？

身为一代诗人的皮日休纵论起比他早了快两百年的宰相宋璟，说过这样的话："我一向尊敬宋璟之为宰相，总怀疑他是铁石心肠，不懂得婉转柔媚之语。等读过他的《梅花赋》，才发觉他的心思也有清便富丽之处，一如南朝的徐陵、庾信。"这个观察告诉我们：诗，除了"坐实"来看，还说不定恰恰是作者性格、脾性、情感的对立面，或者也可以这样解释：当我们肯面对自己性格里阒暗的角落，便会发现诗也在那里。

宋代名将韩琦有"军中有一韩，西贼闻之心胆寒"的豪名传世，但是却写出了这样的一阕《点绛唇》：

> 病起恹恹，画堂花谢添憔悴。乱红飘砌，滴尽胭脂泪。
> 惆怅前春，谁向花前醉？愁无际。武陵回睇，人远波空翠。

司马光作《阮郎归》小词，也有这样让人"惊艳"的句子：

> 渔舟容易入春山，仙家日月闲。
> 绮窗纱幌映朱颜，相逢醉梦间。
> 松露冷，海霞殷，匆匆整棹还。
> 落花寂寂水潺潺，重寻此路难。

让我们掩住作者的名字，先读这么一首《小重山》词：

> 昨夜寒蛩不住鸣。
> 惊回千里梦，已三更。
> 起来独自绕阶行。

人悄悄，帘外月胧明。

白首为功名。

旧山松竹老，阻归程。

欲将心事付瑶琴。

知音少，弦断有谁听？

作者赫然是岳飞。缪钺的《灵溪词说》里有论岳飞词绝句一首，是这么写的：

将军佳作世争传，三十功名路八千。

一种壮怀能蕴藉，诸君细读《小重山》。

我常常想：古典诗之式微，不特是现代化社会里的语文教育之窳陋不足以支应，更根柢的原因恐怕是我们实在不甘心、不习惯、甚至不敢于面对自己还有另一面幽微曲折的角落。然而，容或我们也可以反过来设想：一旦最不能浮现在生命表象里的邃密之地得以垦之掘之莳之艺之，即无腐朽。

将散珠串回

忆事怀人，纯情直抒，唯赖至诚，原本没有什么技巧好说。不过，《高阳诗拾零》一文，亦有怀想高阳之外的用意。换言之，这一篇文字就是从高阳斯人辐射而出，牵丝攀藤，旁及于原本看似无关的他人。这是散文的趣味——有如漫无目的的散步，信步踏行，纵目游观，这里一笔、那里一笔，乍看好像是散落的珠玉，到末了再勾回一笔，将散珠串回。

此文先立张本，由简述高阳和我论诗开篇，随即提到林英喆。在初稿中，我并没有写出他的名字，当时总觉得一念耿耿，是这篇稿子的缺失，却又说不上来为什么如此在意。直到日后补了全文的最后一段，也才恍然大悟：原来多年不联络的英喆正是此文之中所提及之周弃子的一个投影。

英喆是一位与我往来不多，但是神交已久的友辈。多年前他在民生报任职，邀我撰写专栏，日后《认得几个字》、《送给孩子的字》等书得以出版，都是因为他的激发和鼓励。英喆对于掌故旧学情有独钟，在我辈编辑、出版者里面，是很罕见的；而我能够谈谈高阳散轶的诗作，还真多亏这样有心的人。在全文的第三段，写英喆传稿子来，以一句"感热纸便嘤其鸣矣地伸展开来"，描述传真机的细节，刻意强调感热纸，不免是借喻英喆的用心；"嘤其鸣矣"语出《诗经·小雅·伐木》"嘤其鸣矣，求其友声"，也是为了衬托这一份友谊。

文章的标题是《高阳诗拾零》，多少还有介绍周弃子先生的意思。周旋于二位前辈，以诗以事，文气自然凝重。然而，周弃子比高阳长十岁，高阳敬之尊，畏之严，结情同朋友，相事若师徒，这与一般同辈之人往来交际又颇不同，很难在有限的篇幅中刻画清楚，倒是英喆提供的诗，提供了对应的两个古代人物，让高阳和周弃子的关系得以对位而凸显——那是三百年前的杜于皇和孙枝蔚。

杜于皇对一时热中进取的老友孙枝蔚说了几句冷嘲热讽的话，算是保全了孙氏的名节。而高阳在诗前小序引杜于皇的句子，更不会不知道杜、孙二人那知名的谏友故事。杜、孙二人不避责让，以名节全交，诚属佳话。高阳借着诗，将不便诉于他人的私密牢骚向知己发一发，也是诗人常情。

情感之抒发，非但不在字句之铺陈，反而必须侧重文字的节制。此篇看似典雅庄重，关节处都是硬梆梆的文史知识，也由于题材使然，遣词造句会比较凝练，把情感收敛起来，直到最后的懊恼，一语喷出，简笔勾抹，将散珠串回。

例
高阳诗拾零

平生师友多不作旧体诗，偶有作的，多没赶上求问唱酬，这可能是幸运的事。因为怀抱际遇、情感准备或者是文字和知识的锻炼一旦不能相应，即使难得有机会一同论诗、赋诗，也可能不欢而散。

小说家高阳（西元一九二二至一九九二年）在很多方面是我的老师，但是与他论诗的机会不多，原因是有一回他改了我一首七绝的句子，我不大服气，当场顶了他两句，他说："你听不得逆耳之言，我们以后就不说诗了。"多年后想来，我这是自绝学道之路，只能说是活该。

高阳捐馆数年之后，我忽然接到了一位编辑老友林英喆的电话，说他手头有一张墨迹，应该是高阳亲笔，要我过过眼。不多时，传真机上的感热纸便嘤其鸣矣地伸展开来，纸上的黑色字迹果然出自高阳之手。是一首七律，没有题目，倒是有几句解说本事的小序，是这样写的：

> 药公论人，以杜于皇"渐喜白头经世故，错将青眼料他人"句相徼，怅触百端，赋此寄意。癸亥谷雨高阳拜稿。

原诗如此：

> 偶发恔心辄自祸，欠通軗舌任人骄。

白头世故书中谙，青眼平生酒半消。

名本未求安所用，守诚堪煮不无聊。

残年一愿与公约，共我盘桓丁卯桥。

"药公"是指周弃子先生（西元一九一二至一九八四年）。杜于皇（西元一六一一至一六八七年）则是明、清之交的一位诗人，比周弃子整整早生三百年。此公名浚，原名诏先，字于皇，号茶村。湖北黄冈人。诗法杜甫，尤长五律，风格浑厚。

康熙时孙豹人（枝蔚）应博学宏儒的征召，看似要在大清王朝治下任官就职，报效心力了。同为明末遗民、也是孙豹人知交的杜于皇闻讯写了封信，对老友相当不假词色：

> 弟今所效于豹人者，质实浅近，一言而已。一言谓何？曰：毋作两截人。不作两截人有道，曰"忍痒"；忍痒有道，曰"思痛"。至于思痛，则当年匪石之心，赫然在目，虽欲负此心而有所不能矣。且夫年在少壮，则其作两截人也，后截犹长；年在迟暮而作两截人，后截余几哉？

这封责备朋友"心痒难熬"的信，只有一处稍稍须要解释的典语，就是"匪石之心"四字。语出《诗经·国风·邶风·柏舟》："我心匪石，不可转也。我心匪席，不可卷也。"以今语解之，大约如此："我的心不是一块石头，不能任人随便转移。我的心不是一张席子，不能任人打开又卷起。"说的，当然是士大夫的坚贞不移。

孙豹人得到这封老朋友的书信，果然力辞中书舍人之职，拂袖而归，保全了一半清白。

"白头青眼"一联有饱经世事、却不减天真的感慨——既沾带些自负的薄趣，也点染些自嘲的轻哀；至于高阳"枨触百端"些什么，恐怕永远是个谜，据我隔雾观山的推测，可能还是同老去孤栖的境遇有关。"癸亥"是一九八三年，高阳花甲才过，暮春三月，必有"近寒食雨草凄凄"的寥落之感，以此措意，吟呈周弃子作知音之赏。

"忮心"是嫉妒之心，"鸠舌"应是指一个伶牙俐齿、能言善道的人。头联并看，不难解意：基于不期而然爆发的妒心，惹了口角纠纷，却难以唇舌辩解。对照下文的第五、六句，这场争辩可能与身为作家的地位或名声有关。至于所指涉的对象是谁，也就不必在那么多年以后复为耙梳、作无谓之窥了。

有趣的是颔联。高阳小说中的帝王将相、名公巨卿，无不老经世故，曲尽机锋，然而现实里的他，却总是"人生过处唯存悔"、"有钱难买早知道"。平生惯以青眼接物待人，发觉吃上了亏之后居然还不忍骤信。正由于平日自信太过，与高阳熟稔的人士大约都想不起来，他何尝有过坦承看人走眼、自悔孟浪的时候？据我记忆所及，一次都没有。

但是，面对另一位诗人——尤其是高阳以师礼相待的周弃子；他只能一无所隐、一无所藏了。这首诗的枢纽就在这里。说得直白了，就是高阳将一时难忍而发动妒心、招致口角、所惹的祸事（极可能是一场不可收拾的情感破裂），归咎于自己的天真，而这份天真只能报予另外一位诗人体会。关键在于最后一句的"丁卯桥"。

丁卯桥，在江苏省丹徒县南。晋元帝了司马裒镇广陵，运粮出京口，为水涸，奏请立石坝，以丁卯日竣工。后人筑桥，遂以是为名。高阳会用这个地名，纯粹是因为陆游，放翁有《小筑》诗有句："虽非隐士子午谷，宁媿诗人丁卯桥。"说的是他住在桥边的好朋友许用晦，高阳则是以陆、许二氏之交来比况周弃子和他的关系。残年无伴，只剩下比自己还年长的老友，其情何堪？

斯人不再，可以相为切磋者何？我忽然想起了早就失去联络的林英喆，想起了早就报废的传真机——而今世上，大概不会再有什么人传给我一首诗，让我"过过眼"了吧？我的丁卯桥，在哪儿呢？

音节历落

　　由于《高阳诗拾零》的题材是表述旧体诗人的心情怀抱，文字用语比较凝敛，原本说大白话要费上两三个句子的，往往缩节成一个句子，甚至只用一个成语。这是掌握篇章特性之后、落笔之先就决定了的。从这个选择来看，不妨从字句内部的音节控制说起。

　　中文书写有一个特性，就是常以四字语为一意义单位。四字连缀，既可以说它是语词，也可以说它是语句。有人以为这是受骈四俪六的影响而成，这未免倒因为果。毋宁以为早在周朝，教育蒙童认字的篇什就已经大量采用四字句了。如：《汉书·艺文志》说《史籀篇》是周时史官教学童的书，清代学者段玉裁推测："其书必四言成文，教学童诵之。《仓颉》、《爱历》、《博学》实仿其体。"所谓《仓颉篇》，世传丞相李斯作，《爱历篇》，世传中车府令赵高作，《博学篇》，世传太史令胡毋敬作。"皆取史、籀大篆，或颇省改。"

　　汉初，闾里书师合《仓颉》、《爱历》、《博学》三篇，断六十字以为一章，凡五十五章，统称《仓颉篇》。《仓颉篇》流行直到东汉。有汉一代，司马相如引进了民间歌谣的"七言"，成就了《凡将篇》。他改创四言之体，更易其制，用了"七言"，估计是为了孩子们学习的时候背诵一句多得三字，相对于之前《史籀篇》、《仓颉篇》的四言，这样信息量饱满得多，更有学习的效率。

在了解了这个背景之后，我们还是要回头说四言。

四字语日常用熟，有的就被命名为成语，估计也和中古时期的教育材料有关。现在我们还看得到的《千字文》、《百家姓》都是四个字一个段落，这与逐渐在唐代普遍起来的另一种文字兼历史教材《蒙求》也有很大的关系。

现存唐代李瀚所写的的《蒙求》即是四言，五百九十六句，二千三百八十四字，共收典故五百九十二则，内容极其广泛，上包天文、下赅地理，从神话到历史，从占卜到医学，就是一部古代庶民和士人基本教育的内容。比方说："孔明卧龙"、"吕望非熊"看似说的只是诸葛亮、姜太公这两位古人的别号，但是学习者背诵之余，必然还有塾师、亲长为之说解，或多或少地把跟人物有关的背景融入仅仅四个字的成语之中；换言之，这四个必须背诵的字，正是一个个鲜活人物的记忆提示。

至于"李陵初诗"、"田横感歌"，或者"剧孟一敌"、"周处三害"，甚至还勾勒出人物故事的重点，至于"贾谊忌鹏"、"庄周畏牺"则捕捉了人物的情感或思想特质。这种成语并非庶民生活中自然流传而形成，而是透过教育、记诵、书写而广泛成为士大夫阶级的集体语料。

古人（连李白、杜甫都不例外）将二千三百八十四个字烂熟于胸，琳琅上口，既咀嚼以见菁华，则咳唾而生珠玉，言谈就有了丰富的表现。也由于学习首经背诵，便须讲究音乐的美感。而美感之中的第一个特征，恰为音节历落。

这，就得先说一个道理。汉语单音成字，虽孤立而见义，却因为同音字太多、不易辨别，而往往添补一字成词；是故国曰国家，家曰家庭，军曰军队，民曰人民。两个字成一个词，四个字也就常常包含了两个词。

留心四字成语的人不难发现：在一个四字词组里，第二个字和第四个字的音读有一种平仄相反的趋势，第二个字读平声，第四个字便常是仄声；反之亦然。熟读《千字文》的人回想一下："天地玄黄，宇宙洪荒"、"金生丽水，玉出昆冈"（"出"字入声）都是很明显的例子。以现代语大致按察，除了已经消失的入声字姑且不论之外，大体以一二声为平、三四声为仄，每见四字成语，稍稍体会揣摩，很容易就看出了"平仄相违"这个堪称属于"美学"范畴的修辞习惯。

在成语中显现的平仄更迭相谐的讲求，也可以推拓于造句。一篇文章，最好能在句子和句子的收煞之处，展现高低格别、参差错落的趣味。即使不必让每一句的句尾都平仄相反，至少不要一连出现四五个都是平声或仄声的字。这一点，对于学习写作文的孩子，似乎有些困难——谁会在小学、中学时代就那么熟悉古人随口应心而不拗折的语音习惯呢？

我却要说：今天国语分别四声，倒是给了方便。学习者当然也不必在平仄相违这个宽泛的大原则上锱铢计较，只消调节不同声调的语词，稍事留心抑扬变化，偶尔还可以济之以"的"、"了"、"么"、"啊"、"着"等轻声字作为语气的调节，一段文章就有了动人的旋律。

以下例文《川味牛肉与毛毛面》就是在行文时随时考虑音读之抑扬顿挫的一个例子。由于文中有不只一处提及烹调之法，食材佐料，几两几钱，不免重复，叙述次序就得细部调整，使勿过多同声重叠。还有两段提及九种牛肉与四种抄手，若按原本名目直书，会显得冗赘拖沓，不如加上"有之"、"或曰"以为调节，都是为了使文章能够通过朗读的考验。

另一篇例文选的是《于右老的诗法和人格》，此篇文字即刻意遵循着前述心法，使句末之字尽量能够平仄相违，至于内容，多及于右老不太为今人所知的诗篇，更可以见出他审音用字的细腻——虽然细腻，却一些儿无碍于豪迈雄浑。

例 1

川味牛肉与毛毛面

一定是我阅历不多读书少的缘故，这样一个简单的问题，几十年答不上来：传统中国饮食里到底有没有牛肉面？

元代的饮膳太医忽思慧所撰的《饮膳正要》里记录了许多回族面食，也传下了"猪肉不可与牛肉同食"的宝训，但是没有牛肉面。徐珂《清稗类钞·饮食类》里有"上海先得楼"羊肉面，知名于时，一条小小数十字的记录居然特别指出"羊有山羊、湖羊之别"，而湖羊就是绵羊——却也仍然不提牛肉面。

大名鼎鼎的《随园食单》，关于烹牛的记载只有两条，一条说牛肉、一条说牛舌，其简陋自有缘故，而我对袁枚的抱怨和理解可不是这几句就能说完的——那就姑且搁下，先说我的朋友舒国治。舒国治流浪天涯几十年，忽然也同声一疑，以为牛肉面大约是近代的发明——川味牛肉面尤其是。他还有一套想当然耳的源流考，把川味加上抗战时的空军基地加上眷村文化，得出来一个聪明的结论：川味牛肉面者，古之所未曾有，川中亦未尝见，而乃是随国府迁台之人的一大发明。

"川味牛肉面"这个词汇的问题不在川味如何、牛肉如何，而在于加入了面这个食材。川味烹调的牛肉不少，小碗红汤牛肉有之、大伞牛肉有之、五香熏牛肉有之、小蒸笼牛肉有之，或曰灯影牛肉、或曰挂挂牛肉、或曰马癫子干牛肉、或曰红灯笼软酥牛肉、或曰白灯笼麻辣牛肉——然而通通没有制面的记载。

四川自然不是没有面食，而且其面食还风味独步。君不见龙抄手、红油水饺、过桥抄手、温江程抄手、乃至于担担面，花样不一而足。我一直记得二三十年前在国际学舍门前被两个应该是来自美国的学生拦住，用流利的国语问我："有一家很有名的红油抄手，听说就在斜对面，可是我们怎么找都找不着。""那是很斜、很斜、很斜的对面——"我说，指了指东门连云街方向。心想：红油抄手已经堪称国际品牌了！

然而川中毕竟有面有牛，老手段确实还在。据我所知，独有一味不太寻常，可以说说，叫做"牛肉毛面"。

这味面食的材料寻常：上上水面网斤，黄牛臀肉 一斤，盐一钱，白酱油二两半，红酱油二两，老姜三钱，料酒二钱，辣椒油四两，麸醋一两，花椒粉二钱，葱花一两（有好用味精的，不要喳呼）。称之为"毛面"，是因为牛肉的模样。新鲜黄牛臀肉加上拍破的老姜，用料酒腌渍十分钟，等血水追出之后，一整块投沸水锅里汆熟去腥，再转入卤水锅，旺火改中火煮到八分熟，捞起来，滴干水分。

待牛肉冷透之后铺在砧板上用刀背捶成细茸，复以净锅置于微火之上，将肉茸投入，用铲、杓擂之。这个擂，在满洲人大约就称之为"扒"或者"靠"，讲究的是慢火。这样一边擂、一边炒，到肉中吸饱的水分亦渐渐干去、起毛，再下盐，炒到肉毛成金黄色，便可以起锅晾冷。

其次，取小碗五个，碗中各倾红酱油二钱、白酱油三钱、麸醋一钱、花椒粉少许、辣椒油四钱，面用一半（一斤），投入沸水锅中搅散，待断生透熟而浮起时，以面篓分盛在五个调料碗中，此时才将肉茸、葱花撒上，再搅拌一阵，就可以吃了。这是上半场——下半场则重复"取小碗五个"以下文字。

不过，一向妾身不明的"川味牛肉"故事，尚不止此。四川和牛肉的关系久远，我最欣赏的一则说的是苏东坡的爷爷苏序。

苏序就是"积谷防饥"一语渊源之人。他原本不识字，却有一种洞明世事的智慧。耕稼所获有余，只把所需食用的碾了白米，剩下的谷子都原封存了起来。积四千石，到饥荒之年，即开仓放赈，拯救饥民。可见"积谷防饥"四字的深义，并不在于"积"字，因为米容易受潮，本不可积；若欲防饥，便得以谷子的型态存放，这个成语教训所讲究的，是贮存技术。

直到晚年，苏序才有能力学写诗，居然还写了几千首。照他的幺儿苏洵记述："凡数十年得数千篇，上自朝廷郡邑之事，下至乡闾子孙畎渔治生之意，皆见于诗。观其诗虽不工，然有以知其表里洞达，豁然伟人也。"由于为人平易，不拘形迹，常携酒行游，醉欢谈笑。有一次，他的二儿子苏涣应考得隽，派人送喜报来——也有一说送来的还包括官帽、官袍、手笏、一张太师椅和一个茶壶，这就荒诞得几乎不可信了——总之，好消息传来的时候，苏序喝得酩酊大醉，手上还拿着一大块牛肉。他向酒友们朗诵喜报之后，顺手塞进包袱里，这喜报，就包着那一大块没吃完的牛肉。由此可见古人吃牛肉不甚脔割，切一个"歌词大意"而已。正因为是抓在指掌之间撕咬，当年才会把那被恶水围困、受饥连月的杜少陵噎坏了。如此想来，炒成肉松状的"毛毛牛肉"，历史应该不至太过悠久。

川味牛肉，一向很少方块文章。像前文提到的小碗红汤，一次料理十斤，先切成两斤来重的大块氽烫去沫，仍然还是要开条切片的。大伞牛肉则讲究横筋切，卒成两寸长、一寸宽的片。五香熏牛肉的切片更窄而薄。置于小蒸笼牛肉可想而知，一小条五公分不到，拿四色牌作基准即可。灯影牛肉也特别，是要先把牛后腿肉切成大薄片，抹上炒熟磨细的川盐，卷成圆筒……但是这毛毛面，算是形号出众，喜欢尝试新花样的饕客可以一试。

前文曾谓袁枚《随园食单》几乎不及于牛肉。袁枚直言：南方人家中不常有牛、羊、鹿，"然制法不可不知"，故列之于"杂牲单"。于牛肉，尤其简略。他是这样写的：

> 买牛肉法，先下各铺定钱，凑取腿筋夹肉处，不肥不精，然后带回家中，剔去皮膜，用三分酒、二分水清煨极烂，再加秋油收汤。此太牢独味孤行者也，不可加别物搭配。

买牛肉这事也值得一书，可见非比寻常。以随园饮馔之精，在牛肉烹饪上却简略如此，值得仔细玩味。显而易见，那句"此太牢独味孤行者也，不可加别物搭配"是个关键；"独味孤行"似乎不是纯粹出于口味的讲究，而是一种饮食文化里对于"太牢"所象征的礼法的尊重。

在比较宽泛的解释里，牛、羊、猪三牲都可以称为太牢，但是在《大戴礼记·曾子天圆》里却说："诸侯之祭，牛，曰太牢。"起码，猪是比较受轻贱的，没有"独味孤行"的义理和气魄。我猜想随园之所以推崇牛肉，应该还是取大戴礼的解释，把牛的地位抬高了，这不仅仅是吃和烹调的问题，还是人讲究品味和教养的一套价值。

试想：单以酒水煨炖，其清可知，至于口味，我猜随园还是希望我们想象一下孤行于天地之间，独与造物精神往来的味道。那绝对不是在口腹之间。

例 2

于右老的诗法和人格

三原于右任先生一代宗翁,诗书领袖,时人誉为草圣,称道他开展了一千多年以来中国书法的新美学,这话一点都不夸张。试想:二王以降,多少书家浮沉于时,矩矱森严者有之,好奇变怪者有之,不论是师法魏碑唐楷而得之于工丽者,或者是取径狂草拙石而出之以险峭者,绝少有一二豪杰于风格自树之外,还能获得广泛的赞赏和追摹。于右老则确乎是这样难得的人物。

我所就读的小学已经成立五十多年了,到今天为止,还在某些重要的档上保留了于右老当年手书的校名,只不过而今的师长们多不措意,还有人嫌那笔字大小跌宕,疏密错落,不近颜柳。国际驰名的鼎泰丰饭馆倒是还保留了于右老题额的真迹——"鼎泰丰油行"五字,每字掌心大小,墨泽焕发如新,神采昂扬,看上去连"油行"二字都别有他意,不像卖油的。

于右老的诗不大有人谈,毕竟他当了三十多年的"监察院长",诗名为书名所掩,亦不免为官衔所蔽。到旧体诗乏人问津的时代,更不容易获得应有的重视,这是很可惜的。实则于右老的诗除了惯常被行家称许的"夭矫苍莽"、"雄健磅礴"之外,还十分的亲切。用宋代诗僧惠洪《冷斋夜话·诗用方言》里的话比拟:"句法欲老健有英气,当间用方俗言为妙;如奇男子行人群中,自然有颖脱不可干之韵。老杜《八仙诗》序李白曰:'天子呼来不上船','船',方俗言也,所谓'襟纫'是也。"襟纫,指衣纽,古时用以连结衣服交襟的小绳带，也就是今人所言之"关键"也。

关键还不只是方俗言的使用，而是如何让整篇的诗句借由一二看似滑流、通俗的语符、词藻甚至结构，发出亲切的呼唤，调和其他字句之中难免的浓稠意象或冷涩典实。在这一方面，于右老箱底有一套本事——我姑且称之为"叠词法"；也就是运用句中重复的字或词，来营造一种民间谣曲的趣味，以疏散饱满的意义张力。如《月夜宿潼关见孤雁飞鸣而过》里的名句："河声夜静响犹残，孤客孤鸿上下看。"（按：看，音同"刊"）还有《柏树山纪游》里的："柏树山头柏盖苍，山前池馆已荒凉。"同诗腹联："大户陵夷中户起，上田租佃下田荒。"又如《乙未士林禊集》的腹联："日日翻新新未已，江山苦战战何妨？"不但善用重字，且巧妙地将"乙未"年倒装成"未已"，其妙趣如此。

《黄海杂诗》一绝起句也用了"叠词法"："出塞翻挥入塞戈，南征转唱北征歌。"另一绝起句更如家人语："客子争看黄海黄，黄流浩渺极天长。"《黄海杂诗》中尚有一联堪称此"叠词法"之典范："沧海横流赋不清，为谁风雨为谁晴。"又如《西伯利亚杂诗》七律之一的后两联："牧马迎风呼战马，羔羊觅迹唤羚羊。人情物理无中外，惆怅他乡忆故乡。"其流宕明爽，非铸句雕词之辈能为。

除了以叠词见平易之外，于右老还擅长运用熟俗的词汇入诗，一洗前朝遗老们那种苦涩幽峭、呕心沥血的"宗宋"之气。试看《西伯利亚杂诗寄王陆一》之："水绕乌城闻汽笛，山围赤塔见桑麻。面包价贵酪浆贱，牛饮归来买野花。"多么天真自然？至于"春莫游乐天，共饮沪西道。醉后推小车，各矜手臂好。转瞬三十年，时光催人老。翠柏参天立，精神自浩浩"（按：春莫，即"暮"）更能于嬉笑家常中翻转旧体诗"拒人于千仞之上"的雅不可耐之风。

于右老毕生致力于推行标准草书，念念以国民书写为鹄的，看来也和他敦笃慷慨的诗风相辉映，这是一种"民国"的气度，知识人不危论于高阁之上，不腐思于斗室之中，所以这诗人的句子会令所有的读者荡气回肠："不为汤武非人子，付与河山是泪痕。"

作对子

作对子很有趣，其趣何在？在于天地间万事万物皆可以透显出"造化赋形，肢体必双；神理为用，事不孤立"的结构。上下相须，左右辉映，那些骈四俪六之文，对仗精严工整，予人一种庄重、华丽、稳定的美感。只不过前此百多年来一向被视为封建时代腐儒遗老雕虫小技，甚至是欠缺深刻思想和真实情感的文字游戏，实则这种文章，蕴藏着非常厚实的思辨逻辑，可惜今天会写的人已经不多了。学子若是能从作几副对子学起，也许不难重拾些许典雅的趣味。

作对子，未必只讲究华藻丽词，刻形镂法，一味追逐风雅。也有人用看似高雅的文体，描写低俗的事物，故为咏叹，实寓讥嘲。先说一折故事，让对联的趣味撒撒野。

晚清时有个知名的贝勒爷，叫载澂。此人恣睢无理，恃势横行，又性喜渔色，只要是姿容不恶的女子一旦入目，便非要到手不可。到了手，调弄几时，辄随手弃之，所谓"百计篡得，不餍欲不止"（按：餍，音同"欲"，满足也）。

某日，载澂前呼后拥地出门闲逛，忽然瞥见一女子策马出安定门，却不知马背上的女子正是当时尚未出人头地的女镖师邓剑娥。当日剑娥正保着一车镖上宁远，路程不算太长，但是辎重庞大，算算也有十几头骡马，单趟得走上几日，是以迟迟其行，也就不贪赶路程了。

　　载澂看剑娥在马上颠簸动摇，腰肢款摆，甚有风致，便驱散了扈从，独自一人跟随在这镖队的旁边，时而前、时而后，或在左、或在右，与镖队并马走了好几里路，载澂忍不住了，拉缰靠近一个稍稍落后的年轻镖师，问道："你们这是干什么的？"

　　这镖师闻言答道："走点儿货。"

　　贝勒爷遂涎着脸笑问："前头那雌儿，是货不是？"

　　镖师强忍住一腔怒火，道："那是敝东家。"

　　贝勒爷一听这话就笑了，道："喝！东家？东家可了不得，吓煞人了！"说着，忽然夹马而前，不过一呼吸间便越过镖队，直奔那剑娥的背后，后面的众镖师惊呼不及，眼见这强徒往斜里一倾身，一只臂膀便向剑娥腰间探去，那剑娥也不回头，几乎就要吃他一抓，只在载澂之手快要掳着她的当儿，一条纤弱的身影忽地向上一拔，跃起丈许之高，再落下时，已然避过了载澂的一掳，还端端的落回了马背之上。

　　载澂自是一愣，可这小姑娘的身手却撩拨起他的兴趣来，打鞍桥上抽出鞭子，再催马上前，手起一鞭，朝剑娥的背脊上招呼过去。剑娥仍不回头，背后却仿佛长了一对眼睛似的，鞭梢才刚要搠上她的后颈根，人又腾空纵出去，还向前翻了个旋子，趁身形反转、头脸朝后的刹那之间，觑准鞭势，一把抓了，猛可收束，竟然将载漖扯下马来，她自己同时一撒手，翻身时恰恰坐回了马背上。

当时情景，看见的可不只是镖局里的人丁，还有路上的百姓，众人见恶少落马，跌了个鼻青脸肿，连腰都直不起来，成了个大虾米，无不鼓噪大噱。

后来端方（午桥）闻知此事，戏作一长联嘲之——句意有些泛黄，道学家请担待。

上联是：

鞭非不长，莫可及之，噬脐犹悔登途，载不动、许多愁绪，是非只为强翘首

下联是：

腰实在细，岂堪握也，低眉却憎孟浪，漖难清、一抹萍踪，烦恼皆因不扭头

（按：途、徒同音，漖是澄的古字）

上联是用旁人看笑话的观点，直指载漖登徒子行径之可鄙，其中"翘首"二字所指的"首"，指的是不是头脑的头，至于是什么头？不好明说。下联则是用载漖的观点去揣摩那不愿回头的少女的心思，竟然还有点儿深情款款的意趣。两联中也巧嵌"载"、"漖"二字，这已经可以说是端方一向在文字游戏上的惯技了。

端午桥作这种对联讽谑人，已经是文字游戏的极致。再把话回头说：对仗，为什么会在中国文学里形成一种美学典范呢？

对联是观赏性很强的艺术，所以有时只要求字面相对，即同类

词相对，特别要求在声调上平仄相反，在词性上动静相当；虚字对虚字，实字对实字。有些同类词可供选择的范围较小，如数字、人名、地名、书名、人体部位名、动物名、植物名等等。这就提醒了我们：在修辞这桩工程里，"相对"这个概念所讲究的，不只是字义本身，还有字义的归类范畴。

律诗对仗，尤为七律精华所在，必须审慎下笔。律诗中间对仗的两联，惯例讲究一虚一实、一情一景、一大一小、一远一近、一比一兴……质言之，两个句子要有参差对比，内容变化才会灵活，不虞呆滞。

从前说相声的有个《对对联》的段子，说："天对地、雨对风，大陆对长空，山花对海树，雷殷殷、雾蒙蒙，开市大吉对万事亨通。"这些都是一般俗用有趣的对子。不过若要说到律诗用对，就还有更精细雅致的讲究。

律诗重视结构，环环相接，如《文心雕龙》所谓："外文绮交，内义脉注。"起联布局，或从一角揭发，或从全局笼罩，要之在于预留地步给后文发挥。中间两联也各有作用——颔联（也就是第三、四句）既承接开头，更复引起下文。颈联（也就是五、六句，又称腹联）最须荡开，有时甚至要让人感觉是另起一新作，但是又不能断然离题，必须和前两联维持着一种藕断丝连的关系。到了尾联（也就是七、八句，又称结联、末联）收束一切，呼应前文。这里说的对仗，看来难在声调与词性的锱铢必较，其实难在"相对"这个概念的无穷变衍。

袁枚在《随园诗话》中有这样一段话：

黄星岩随园偶成云："山如屏立当窗见，路似蛇旋隔竹看。"厉樊榭咏崇先寺云："花明正要微阴衬，路转多从隔竹看。"二人不谋而合。然黄不如厉者，以"如"字与"似"字犯重。竹垞为放翁摘出百余句，后人常以为戒。

——《随园诗话》卷五，二二

这段话说明在诗中对仗要避免同义词相对，用"似"对"如"，虽字形字音不同，但字义相同，亦不可取。这似乎有点苛求，连大诗人也难免的事，我辈怎能不犯？但是从作诗的角度来看，诗人有义务避免合掌，就要从避免同义词相对做起。

王力在《诗词格律》说过："语法结构相同的句子（即同句型的句子）相为对仗，这是正格。但是我们同时应该注意到：诗词的对仗还有另一种情况，就是只要求字面相对，而不要求句型相同。"这对于对联的对仗也是相当重要的。就诗论律，唐律宜学子美、退之、义山，尤其李义山，其时律法已然大备，诚非初盛唐可比。不过，春联的对子是另一回事。

据说，门上挂春联起自五代末期蜀主孟昶的"新年纳余庆，嘉节号长春"。此事聚讼千年，未有定论。不过，从辞意上看，这上下两联，跟成熟的律诗所讲究的对仗略有不合之处。子美、义山而后，律法更见精严细腻，许多在六朝时代堪称秀异的对仗句已经流露出一种"踵事增华"的堆砌情味。具体言之：经由老杜的示范，盛唐以后，绝大部分可以为宗法对象的诗人所作的对仗句，是不可能出现"合掌"之病的。所谓"合掌"，就是说一联的上下句所表现的意思累叠重出，并无二致。"新年纳余庆，嘉节号长春"的毛病就是"合掌"，两句一个意思，反而显得词费！

比方说，市面上常见之联中，有此一对："生意兴隆通四海，财源茂盛达三江。"这是旧时商店通用的春联，平仄合律，对仗工整，而且与爆竹声中"恭喜发财"的气氛相协调，很受欢迎。但深一步研究就会发现，"通四海"、"达三江"是一个意思——这就是"合掌"。七言联语一共十四字，其中六字只能当三个字用，岂不可惜？

对联是文章中最精练的文体，决不允许浪费笔墨。为了以较少的文字提供较多的资讯，必须避免上下两联说同一意思。只不过，喜庆况味，多多益善，合掌又何妨？在新春联中用"震乾坤"对"惊世界"、"报佳音"对"传吉语"、"发祥光"对"腾瑞气"，就是为了强调说不完、数不清、用不了、享不尽的喜庆或强盛气氛，"合掌"自他"合掌"，受那么多文气的束缚干嘛？

例

好春好语对门来
——给无论识与不识的人祝福，乃一年大计，许为春联的风度

张贴在门口的春联，表现了主人的期许、祝愿，或许还包括了为人处事的风范。触目都是吉祥语，也往往带给过路者一瞥而笑纳的温暖。春联之于我，是年度大事。

大约从十四五年前起，每岁一入阳历十二月，我就要开始准备买纸、拟句、书字，在旧历年前，将为数大约三四百副的春联写好，卷成小纸卷子，日夕随身携带几卷，随手赠送。

一般说来，除了"向阳门第春常在，积善人家庆有余"和"爆竹一声除旧岁，桃符万户接新年"之外，我几乎不用陈句，大都另铸新词，为的是让这短短的两个七字句能够体贴张挂者的处境和情怀。比方说，今年我为开馆子的朋友写的是"珍馐连筵邀客赏，春风万里送厨香"；为开酒庄的朋友写的是"新醅聊解刘伶醉，陈酿常随李白诗"；为一个将要长时间离开台湾的朋友写的是"圣代即今多雨露，好春如此满江山"。

"圣代即今多雨露，暂时分手莫踌躇"是盛唐诗人高适的名句，原本不作对仗，也不适用于春节应景。到了清代，著名的大学士宰相刘墉为任何人书写联语，都用"圣代即今多雨露"作上联，这当然是出于称颂天子的用心，却也足见这句话还是人人都能接受的祝福，直白了说，就是："今年风调雨顺、万事如意吧！"我也发觉这句话很好应用，对于前述去岛不归的朋友可以用得上，对于宅在家里读古书的朋友一样适用："圣代即今多雨露，清怀如此止诗书。"给想要迁入高楼层新居的朋友则是："圣代即今多雨露，高瞻何处不风流。"给满怀政治牢骚的朋友也未必不能用："圣代即今多雨露，孤心到处任烟云。"

"春城无处不飞花"为中唐时代的诗人韩翃的名句，原本也不是春联用语，可是为之打造一个能够表现个性的上联，总比"生意兴隆通四海，财源广茂达三江"之类伧俗语来得有风趣。有位慈心满溢、佛缘深长的朋友，就拿走了一副"福报有缘常证果，春城无处不飞花"。放弃高科技专职，回家乡务农的朋友取去的是这一副"好雨得时能润土，春城无处不飞花"。碰上了不断扩充事业体，还在春节期间过生日的长辈，则"海屋添筹多树业，春城无处不飞花"也是恰切的祝福。

一九七一年我刚进高中，岁末时分，父亲递给我一张纸条，上写两行："水流任急境常静，花落虽频意自闲"，中间横书四字："车马无喧"。接着他说："这是曾国藩的句子，你给写了贴上罢。"一直到他从公务岗位上退休，我们那栋楼年年是这副春联。

直到我自立门户，年年会依据当时心境，调理文辞。有一年出版《认得几个字》，当时的春联就是"流金岁月迎春暖，琢玉功夫逐字明"，还有一年冬天细读《易经》，很自然地写下了这样一副春联："酒祝青春恢大有，花开锦绣伴家人。""大有"、"家人"原本不能作对，然而由于都是易卦的卦名，对起来也就顺理成章。

这几年，我对当局之无能实在愤懑太深，几乎不假思索而写："独有文章留北斗，愧无谏表对东风。"上联不无自夸之意，下联用语，则不只是令"东风"与"北斗"作对仗，"东风"实际典出于"马耳东风"。至于马耳是谁的耳朵？就不言可喻了。

新年总不能免俗，该有新希望，我每年不改其志，众多希望里一定有这么一项：但愿国人张挂春联时都能把上联、下联分清楚，不要挂错；而这卑微的希望从来没有达成过。

兴寄

有许多文章家要求作品必须具备丰富的意义层次，不只是合乎题旨，还要让文字中的感慨有一种吞吐古今、包举宇宙的深刻感、洞察力。

这样的要求有些抽象、有些笼统，即使从具体的文字上举证楷模，毕竟不是人人都写得出："居庙堂之高，则忧其民；处江湖之远，则忧其君。是进亦忧，退亦忧；然则何时而乐耶？其必曰：先天下之忧而忧，后天下之乐而乐乎！"这样的句子；也不是人人的怀抱都能够生出这样的体会："盖将自其变者而观之，则天地曾不能以一瞬。自其不变者而观之，则物与我皆无尽也，而又何羡乎？"

把读过的书里迷人的故事、警策的话语借来引用在自己的文章里，是有不同的缘故、以及作法的。有时一个成语带过，比方说"风声鹤唳、草木皆兵"，就是为了表现肃杀、凝重或濒临冲突的危险之感，不一定是要翻检原语出处的《晋书·谢玄传》，运用起来，也可以完全不与淝水之战相关。可是另有一些时候，借古事古语一用，还是得陈述首尾，好和作者自己的、当下的，因类比联想而形成的感慨相绾合，此时便须调度事理，不但要让书中人物的感慨和自己想要表达的感慨一致，还得互相补充、甚至加强。

这种道理，一般称为"兴寄"，也就是忽然间从旷远迢递的时空彼端，发现一不着边际之语，灵光一闪地遇合了此时此地、此身此心的一个我。这可以从杜甫的一句不大通顺的诗说起。

老杜有句怪诗，文意重赘别扭，而居然千古不疑，还被推许为佳作。且看《咏怀古迹·其二》：

> 摇落深知宋玉悲，风流儒雅亦吾师。
> 怅望千秋一洒泪，萧条异代不同时。
> 江山故宅空文藻，云雨荒台岂梦思。
> 最是楚宫俱泯灭，舟人指点到今疑。

其中关键的颔联"千秋一洒泪"格局宏大、气象森严，可是相应作对的"异代不同时"简直莫名其妙——"异代"不就是"不同时"吗？这一句文义重复得多么令人难受？

从意义上看，这首《咏怀古迹》和几乎所有凭吊古迹之作都差不多，除了缅怀旧事，还有亲历生涯。一切冲着过往所造作的文字，也都掩映着眼前的怅触。简单两个字，此之谓："兴寄"。初唐诗人陈子昂一意向古，就是看不得南朝诗篇欠缺内在的精神。在《修竹篇序》这篇文章里，他说："齐梁间诗，彩丽竞繁，而兴寄都绝，每以咏叹。"

这话简直是把"兴寄"当成是美学的标准了。用我们今天的话来演绎：文章如果不能穿透现象界的缤纷而打陈奥旨、寓藏知见，激发感情，便失去了作文章的价值。这也许是过激之论，不过，若不以内在的思想自期，文人操笔弄翰的手段又得天独厚，加之以得名甚易，诗文即此而堕落，也是常见的。

可是说起"兴寄"，特别是针对过往的历史陈迹抒发议论，难在我们读史的时候未必有近事可以依照参详；而一旦面前有了新闻，腹笥窘迫的根本无从借题发挥，读书未熟的，也未必想得起某一史事果然能切合题目。毕竟是"萧条异代不同时"，一旦空泛笼统地借古论今，不免失之牵强。不过，打个比喻来说：这就好像绑架了一位古人，驱之使之，作为人质。只要论事切当，人质之大声疾呼，当然要比绑匪的嘶吼来得动人。

以下所举的例文，原本只是我在读陈夔龙《梦蕉亭杂记》第五则和第十一则的两段文字时有些联想。陈夔龙信笔而行，本来也没有将之缝缀编织起来的意思，我在书眉上的心得更只是一句话："此二则之间略有缘故。"书读过了也就算了，浑不知尚有文理相关。直到有一天，我无聊看电视，见有三五丑脸名嘴逞齿牙、论时政；座上学者、律师、媒体人一应俱全。我忽然想起陈夔龙来了，想起这两则笔记来了，想起我觉得他们的脸"怎么那么丑"的缘故来了。

明明是萧条同代，却也可以感觉那样地不同时呢！这番兴寄，很悲哀。我是说真的。

例

不可亲近之人

宣统元年腊月就任的末代直隶总督是陈夔龙，他的回忆录之作《梦蕉亭杂记》末篇标题是：《辛亥以后事不忍记载》，从此就可以看出这位遗老的孤峭与佗傺。这一篇文字写于民国十三年十月十五日，老人则年登大耋，活到民国三十七年，在世九十一岁。

时至而今，无论从哪一个公共利益或普世价值的立场上看，陈夔龙毕生的政治信仰和伦理观都是迂阔而酸腐的。他尽忠清室，仰奉皇权，只消讲究民主法治自由平等的一切论述，都是他鄙夷至极的敌垒。然而这样的人，毕竟还留下了值得考掘的文字，其所见所思不只具有聊备一格的史料价值；从他的记述当中，我们还能够窥见今日之政体架构所不能解决、甚至不愿反省的问题。

《梦蕉亭杂记》第十一则说的是《六君子未经审讯即遭正法》，拈出百日维新失败之后，慈禧集团对新政之残酷反噬，提供了直接而有力的证据。据陈夔龙的描述，当时担任御前大臣的庆亲王奕劻本来有意泔审轻议，甚至还说出"闻杨君锐、刘君光第均系有学问之人，品行亦好，罗织一庭，殊非公道"的话来，奕劻慎重敦促陈夔龙和当时在工部担任司官的宗室铁良等温和派僚属会审。

岂料另一名军机大臣刚毅深恐此案侦审期间惊动国际视听，造成压力，索性根本不审了，径自传谕刑部，将六人一体绑赴市曹，就地正法，这才有了"六君子"的千古之名。陈夔龙的按语很值得玩味："余不曾亲莅都堂，向诸人一一款洽。过后思之，宁非至

幸？"（按："都堂"即法庭）

一个明明对大是大非有了认识和决心的人，为什么会庆幸自己没有机会主持正义呢？这就不得不看陈夔龙的另一则笔记了。

《梦蕉亭杂记》第五则的标题是云：《对三种人敬而远之》——

> 一曰翰林院，敝貂一着，目中无人，是为自命太高；二曰都察院，风闻言事，假公济私，是为出言太易；三曰刑部，秋审处司员满口案例，刺刺不休，是谓自信太深。

时移世变，这些个单位、官员而今当然都没有了。可是这样的人品、格调和任事风气似乎仍令人觉得熟悉。但凡接触学界，我们还是遍地看得见那些个献曝其饾饤之得、管蠡之见，却津津乐道而不知疲的蠹虫。在媒体圈，我们也时时接触得到许多手拿麦克风摄影机，摭拾他人隐私，煽动街谈巷议的记者和时评家。司法界更不必说，多少操持法条，割裂现实，灭裂迹证，任凭心裁，或则喋喋缠辩、或则嚣嚣自威的讼徒和推官！

读遗老陈夔龙的书，历历在目的却是我们自身所处的社会。似乎总有几种行业、总有几个勾当，在一旦取得了惯例或行规所赋予的资格之后，便得以自证自明，声价并腾，很难随时受到客观的检核与勘验。"自命太高"、"出言太易"以及"自信太深"看来都是个人修养的问题，可是深一层想，还是暴露出社会对于某些拥有"诠释威权"的专业，竟然采取了彻底纵放与退缩的态度。

这样再回头想想，我们就不难明白：陈夔龙以平静而诚恳的语调告诉我们：即使是为了周全他一生悬命所投效的朝廷，也有不忍分明论说之处。万一他参与了"六君子"的审讯，在那种强烈的共业（共犯）结构之中，他当然只能更加深陷于外无一援的孤立正义，迫于无奈回天，最后还是要杀掉他明明认为不该杀的人。

可悲吗？可悲的是近百年光阴流转，我一不小心扭开电视看见政论名嘴，就发现自己处身的这个时代、这个社会，正在专门制造不可亲近之人。

疑惑生感动

　　梁简文帝《折杨柳》的颔、颈二联（也就是八句诗里的三四、五六两组对仗句）是律诗主体的典型句式："叶密鸟飞碍，风轻花落迟。城高短箫发，林空画角悲。"虽然声调平仄不如后来的唐人讲究得更精密，不过用字之词类精审，常借变化触发人情。

　　颔联"叶密鸟飞"、"风轻花落"四事两两成因果，由于叶密，是以鸟飞不畅快；由于风轻，花落的速度就慢下来了——颔联这两句写景的骈俪之句给读者带来了节奏性的美感，当然也就因之而带来了认知上的惯性（或称惰性），使读者在面对颈联的时候，先是体会到音声韵律的相似，同时也会感受到字意逻辑的相同。

　　首先，颔联是这样的：由一个名词之下点缀一个形容词，再锻接另一个名词、动词和副词。在颈联那里，字意逻辑稍有改动，一个名词下点缀一个形容词（与颔联相同）然而接下来却成了一个形容词加一个名词再加一个动词。当读者先读完颔联，不期而然地将"叶密"视为"鸟飞碍"之因、把"花落迟"视为"风轻"之果的时候，也就毫无防范地把接下来的四组语词也作两两因果读。这是心理的惯性，诗人利用这个惯性，却带来变化。

明明无因果关系之事，在阅读的瞬间注入了因果关系，会带来错愕、意外，有些许的不解，也有些许的惊奇。有趣的是：当"城高"和"短箫发"之间有了因果关系，当"林空"和"画角悲"之间有了因果关系，就耐人寻味起来：读者既不能用理性证其是，复不能就经验觉其非，然而之前瞬间从颔联遗留下来的因果关系在此瞬间仍旧稍稍影响着读者，于是读者带点儿被动的、也许不情愿的、挣扎着，接受了。

为什么严沧浪说"羚羊挂角，无迹可求"？因为那是诗在阅读瞬间带来的说服——一般我们美称之为感动。读诗的感动，常怀着一点疑惑；或者说：读诗的感动，常在一点疑惑之中。

例 1

青山禅院一题

在比较密切地接触香港之前，我从来没有想象过中国古代历史的某些重大事件会和这里有关。比方说：文天祥、陆秀夫扶保南宋二末帝（益王、卫王）逃脱蒙古人的追杀，曾经一度流窜到今天的九龙城附近，是以九龙湾西面的一方巨岩上还刻了"宋王台"三字——据闻，此台即是陆秀夫背着卫王（亦即登基后的帝昺）投海之处。

数年前的秋冬之间，我每周往来香港岭南大学授课，间有暇，曾两度到学校附近的青山禅院游衍。当其时，庙宇正在重修；从已经接近完工的两处院落看来，雕饰殷勤，像是不大甘心置身于屯门一隅。说是屯门地僻，据说有两位知名的中国老古人曾经到过，杯渡和尚其一，韩文公其二。

杯渡和尚事见《高僧传·卷十》，列品"神异"，传中说他"初见在冀州，不修细行，神力卓越，世莫测其由来"。此僧独特之处在于随身携一大杯，能以之渡水，大约也就借此为名。由于传说中也提及他的下落，是在"屯门"出海，返回西域天竺，遂推测他可能是从印度大陆东来的番僧。

至于"屯门"是不是就在香港，未必无疑；古时屯兵南疆、戍卫海隅之地，何处不可叫"屯门"？但是在古籍上，此僧道别中原时有所谓"贫道将向交（阯）、广之间不复来也"的话，香港当地耆老指认如此，旁处也就争不得了。

至于韩愈，在《赠别元十八协律诗》中留下了一联的痕迹："屯门虽云高，亦映波浪没"，好事者遂拿韩愈被贬至潮州的路径作文章，说他是从广州走海路经香港赴任的。这样一来，便有机会道经屯门，非但上岸观光，还留下了"高山第一"的摩崖大字，石刻就在青山禅院里。此石此字，既无人能证其不出于韩文公，也就不烦人实证其必出于韩文公了。

我对青山禅院情有独钟，一个原因是他进门处的牌坊内外都有题额、对联，有的凝积欧体结密的肌理，有的洋溢米体飘逸的神韵，以二王树立的风姿典范言之，可以说是字字皆精，十分难得。

牌坊正面的对联写的是：

楼观参差，清夜开钟通下界

湖山如此，何时返锡到中原

作者赫然是民初袁世凯的大帐房、交通系魁首梁士诒。此公乃进士出身，还入选为庶吉士，科举学问算是到了头；一生钻营多力，堪称清末汉官里少数有治事能力的。入民国之后，梁某当过袁世凯的总统府秘书长，也在奉系军阀的簇拥之下当过一阵子国务总理。

可惜他政治判断力太差，而名利之心又太热。袁氏帝制崩毁、张勋复辟失败，他都因参与机要而受牵连，不得不逃亡。后来投奉系而奉系被直系打垮，北伐成功而遭国民政府追捕，一生四度遭通缉，不可谓不罕见。前引的对联，就是洪宪闹剧草草收场之后，梁士诒仓皇出奔香港，在当地留下的"怨望之词"。

我在这牌坊底下徘徊了好一阵，拍了许多相片，回到家里放大观赏，临摹了好几十通，甚至还为这些残断的历史碎片写了一首七律：

诗成玩笑史成灰，不记青山埋渡杯。

摩石应疑韩吏部，叠楼常压宋王台。

斯人指点吟题剥，我佛惺忪睡眼开。

大梦谁先觉今古，菩提无说有情来。

不过，后来就觉得可笑了。因为钟情所在，不过是几行字，而历史或人生中相互倚附的、真伪错杂的记忆与感动，并不牢靠。

例 2

诗的发生

我的朋友老钱和我闲聊，问我为什么写古诗，我脑子里出现的第一句话是："这样就可以避免写新诗了。"这话有点儿损，所以我没这么答，我说的是："因为古诗有一个唱酬的传统。"

看来这话也是答非所问。然而在我浅薄的诗观里，这是古诗和新诗的重大差别。新诗不是没有酬答之作，可是打从语体诗、白话诗广泛通行以来，就有一个发表的传统——总的说来，它是经由剞劂纂辑，透过诗刊、报章或书籍形式供较多的人欣赏、感受的美学客体。然而对我来说，在一个极端受限于文言语感载体的阅读门槛里，古典诗就是写给"那个知道的人"：那个唱酬的对象。这并不是说不能或不该发表，而是借由唱酬的形式，让创作活动发生且完成于两个创作者之间，一场亲密的对话。

就在和老钱的答问之后，过了一夜，我在微博上读到一位写诗的网友——我们姑且称他为"老砖"——所写的一首五律。那是一系列题为《春兴》之作的第六首，通篇写景质直，抒情闲淡，简笔白描，炼字细腻，有几分韦、柳的神采：

> 未登高峻处，难见好精神。
>
> 暮色红入海，春山青彻身。
>
> 峰头佩斜日，树影倚归人。
>
> 料得岭北驿，明朝杨柳新。

此前老砖还写了五首，也都发到微博上来。除了我，大概还有成千上万的人看过。可偏偏就这一首，晾在屏幕上惹人——很难说一个准确的究竟，就觉得这是一首在召唤我去应和的作品。老砖写诗时也许没这个意思，算我自作多情罢。一瞥那诗，念一遍"难见好精神"五字，回头上厨房洗洗米；再晃到屏幕前，再念一遍"春山青彻身"五字，回头把铁锅坐上，明火白粥，准备开饭。不行，再趸回屏幕前张望一眼，念一遍"明朝杨柳新"五字。

成，就把老砖这诗当成是为我写的罢！我在锅边滚出第一圈白沫的时候点上水，搅了搅，让锅底黏结的米粒松动松动，想着我并没有话跟老砖说，但是诗既然来了，便非说不可；说什么呢？"春兴"是他的原题，我这儿春寒料峭，晨兴萧索，更无登高以望归暮的雅致，那就照实说，说说我在煮白粥吧："缩手昏寒饿，强吟精气神。孤炊听甑律，空腹觉烟身——"

在脑子里写了一半儿，我继续煮粥，又发现连配粥的榨菜都没有了。这是偶尔会发生的事——只要是前一晚和老钱或者无论什么人在外夜饮，除了一身醉气，不会顾着带回来什么肴馔，此时无论煮面煮粥，反正将就着一顿狼吞虎咽而已。这就是底下的句子了："箸画参寥字，汤浮荡漾人。吞声卜潘水，一涤酒肠新。""潘水"者，淘米之水也。

抛开格律、声调等形式上的讲究不论，对于我来说，诗总是从相互的询问、聆听和应答展开。有以诗扣者，即以诗鸣之；有以诗问者，即以诗答之。反过来说：扣之不鸣，答非所问，又何尝不是诗？相酬者有时难免各说各话，也和人生相仿佛。所以，把老砖和我的两首诗翻成白话，也是很明白晓畅的："春天来了，有远客才回，明天又要走。"

"我煮粥解酒，只够一个人喝的。"

縮手昏寒饿，强吟精气神。
孤炊听甑律，空腹觉烟身。
箸画参寥字，汤浮荡漾人。
吞声下潘水，一涤酒肠新。

意义与对位

长枪大戟，调度利便，所谓"一寸长、一寸强"，施之于文章，就是铺张扬厉，较有发挥的空间；这是一个看法。至若短匕小刃，周旋敏捷，所谓"一寸短、一寸险"，施之于文章，就是言简意赅，不作冗赘的装饰；这是另一个看法。相对看去，短小之文，不好写，因为能调度的字句不多，唯求笔触精准而已。

多年前《读者文摘》来邀稿，编辑希望我能够根据一个概念："不一样的台湾"，写一篇三百字的短文。这种题目下得很刁钻，既要把台湾的历史人文风土生活……包罗万象的大题目一囊而括之，还得别出机杼，写些"不与时人弹同调"的意思，却又没有娓娓道来、纳肺腑于方寸之间的篇幅。一不留神，就会浪作颂声；再不小心，也可能沦为讽谲。既要能写得不谀不鄙，还不能写得可有可无，就得选择一个在不同面向上都具有象征意义的对象，或人、或物、或景，也可以是自然之一片段，也可以是人间之一缤纷，我得仔细寻觅、琢磨。

这就要讲究准确的"对位"。

我想到了移民社会，想到了亚细亚的孤儿，想到了地域政治布局下以艰以险、以危以疑的长期命运，也想到了这个移民社会多年来敏察时局、洞观世事，以灵活机变的心智创造出一个又一个的经济与政治奇迹。也不免想到：人们在戮力追求以及维护身份和尊严之余，往往只剩下争鸣斗气的情绪和意志……从大事想到小事，从旧闻想到新闻；真个是绵绵思远道，偏偏远道不可思——我很清楚：三百个字所能表现的，不是一个多么了不起的史观；《读者文摘》的读者也不需要什么精神的鼓励。我所需要的，是一个小小的象征，必须在台湾出现，那么平凡、那么自然、又那么清晰而准确。

我在等待那天启一般属于台湾的意象，不可造作、不可虚拟、不可獭祭卖弄、不可晦涩别扭，如此乃有深意寓焉。后来的后来，就有一阵鸟鸣掠过——

例

绿绣眼

台风过后，孩子们在门前垂落的树梢上发现一团枯枝，地上也有形体相似的另一团，拼合起来，恰是一个鸟巢，不及拳头大，这曾经是四只绿绣眼的家。

绿绣眼群聚性很强，终日噪叫，几乎没有安静下来的一刻。深入研究、繁殖这种鸟类的专家曾经长期侧录他们的鸣声，发现绿绣眼能够发出一百三十多种啭啼。这种复杂的鸣叫似乎是必要的，因为一只雄鸟往往要和无数同样具有强烈领域感的雄鸟互较长短，为了求偶，也为了在族群中出一头地。

孩子们问我：这一窝失踪的鸟儿会不会被台风"怎么样了"？他们不敢说出可能已经降临的厄运。我说："不会怎么样的。"

"为什么？"孩子们问。我指着一百五十码外的杂木林，说："他们在台风来临之前就通通搬到那边的密林里去了。"

"你怎么知道？"孩子们异口同声地问。

"当然知道，这里是台湾哪。"我指着杂木林，引导他们去听更大规模永不妥协的争鸣之声，是绿绣眼准没错。

说事与说教

　　对于心怀教化的人而言，所有的文字都有劝诲的目的，故事也必须提炼出几句伦理学方面的陈述，才不枉言者谆谆，听者喷喷。但是教训常常破坏故事，每当说故事的人在末了来上几句："这个故事所要说的，其实是……"听者总会觉得：发明删节号的人真是天才。

　　在一篇不是小说的文本之中，写作者想要借故事偷渡一点人生的看法，就不能那么粗糙。作者必须设想：我的读者可能会跳过那些看起来冗长又陈腐的杂念，那样的话，我真正想要表达的东西也就落空了。所以在叙事的布局上，就得趁读者堕入故事的迷阵之时，巧为布置。此中技法，说穿了也很简单，就是让读者还来不及防备之前就先下手。

　　本来，除了喜爱探讨佛理、阐明经义的人可能会有兴趣之外，夹杂着许多迻译名词与钻之弥深的因明之理的文章不容易普及，作者引述起内典来，也是相当困难的事。怎么办呢？

首先，我自己要说的话——也就是对于政客假神道以设教，招摇撞骗的抨击——被拆分成两小段，分别放置在引述东年小说的那一段前后。引述东年小说的内容也经过仔细的思考，要用"那时候，佛陀举动金色的手臂，抚摸地藏菩萨的头顶"来开篇，使之有叙事性的动感。以下引文，都在说明地藏王菩萨的特性。这个能"粉碎他人的地狱"的特性，既包含了宽恕的襟怀，也彰显了慈悲的动能，更体现了"地狱不空，誓不成佛"的愿力。这些，当成人生道理来说就容易乏味，一旦重新安顿次第，教训的意味就淡化了。

至于故事本身，也有布局的问题。我们的生活本来就是从早到晚、从前到后、从因到果地发生，所以说故事，也大致有一个顺向展开的时间轴。不过，毕竟一个故事能引起的好奇不只是"后来发生了什么"，还有另一个问题："为什么会变成这样？"

以《分身和酒瓶》这个故事为例，有一段发生在老小二僧听见水井里发出怪声之前的事，就不能依照顺向展开的时间轴，放在故事的最前面——它必须放在故事的中间，才能够为读者带来悬疑和惊奇。这也告诉我们：为什么俗语总说某个故事"曲折动人"；故事之曲折，源于它随时会扭曲我们习以为常的时间轴，使我们在听故事的时候，不只会问"后来如何"，还会问"何以致此"。此二者，必须随时互相作用，才能变换读者的好奇趣味。

后来呢？后来，就交给一个温馨的小故事吧。

例

分身和酒瓶

对于分身这件事，不只是相信不相信的问题，还有理解不理解的问题。自己不知道什么是分身，就先相信了，还号召旁人去信，并鼓吹"只要相信就是真的"，这就是淫祠、淫祀的本源，与诈骗之术没有什么差别。假借宗教自由以行险使诈，法律似亦无可如何，只好眼看着愚夫愚妇吃亏上当，受骗散财，居然甘愿欢喜。宋代的理学家张龙溪说过："圣人之大道，常窃合于小人之私心。"比愚夫愚妇奸险的人就会利用"圣人亦如此，小人宁不知？"来遂行欺罔，还打着宗教自由的旗号做护身符。

至于为什么要有分身？什么是真正的分身之义？先抄一段我的朋友东年的小说《地藏菩萨本愿寺》里从佛经引来的文字——

那时候，佛陀举动金色的手臂，抚摸地藏菩萨的头顶，这样说：

"你的神力、智慧、慈悲和辩才都是不可思议的。你要记得，我在忉利天宫，在百万千亿无法计较的诸佛、菩萨和天龙八部齐聚的大会中，再将这人间天上所有还没能够脱离烦恼的众生交付给你，不要让他们堕落到恶道里去，受一日或一夜的苦，当然更不要让他们堕落到阿鼻（无间）地狱，去受千万亿劫永无止期的折磨。

"众生的志愿和生性是没有一定的，总是习恶的多，就算是发出善心了常是一转息就退消，如果遇到恶的因缘却是一息息的增积滋长，所以我分出了百千亿的身形，要在他们根本的习性中度脱他们。

"若有天上的人以及人间的善男信女，在佛法中种了小小的善根，即使小得像一毛、一尘、一沙、一滴，你也要加以呵护，教他渐渐修成上道，再不会退失。

"若有天上的人以及人间的善男信女，随着恶业的报应坠入地狱，这种众生倘若还能念着一尊佛或者一尊菩萨的名号，或者经典里的一句一偈，你就会在他受苦的所在化起无边的身形，立刻粉碎那个地狱，使他得到解脱。"

（按："坠"应为堕）

从这一段文字去了解分身，才会体认到这"分身"其实是一种伟大关怀和超渡的隐喻，包含着无比坚强的宽恕之心、扶持之力；而决计不是照片上的显像、天空中的幻影、新闻里的土豪。

那么，今天就说一个分身之神地藏菩萨的故事。

这是一个日本的童话，听来像是从唐代以后中国的世俗佛法故事、再根据日本当地寺院景况、改写而成的。

有那么一座野寺，规模很大，前后有三进的大殿，可落成之后，香火就是不能兴旺起来。之后又逢上荒年，乡里间的人流离失所，家无恒亩可耕，人无恒产可蓄，哪儿还有余力供养神佛？久而久之，寺中僧人还俗的还俗、云游的云游，也多星散了。到最后，就剩下一老、一小两个和尚。这俩和尚也快要变成饿殍了，只能奄奄一息地持咒念经，勉强上香礼佛，不过就是等死。

人饿到一定的程度，就会产生幻觉。有天晚上，小和尚听见厨房里传来一阵瓶瓶罐罐相互碰撞的声音，连忙推醒老和尚。老和尚听在耳朵里，声音的确是从厨房发出来的，但是不像瓶罐的碰撞，倒像有人在井边打水。可这深夜之中，四野无人，怎么会有人潜入寺中打水吃呢？老和尚只好安慰小和尚说："是咱们饿得发昏了，无非幻象而已。"

捱过了一夜，第二夜又是一样的情形——这一回是老和尚先听见了瓶罐响动，倒头就念诵起经咒来，经咒声把小和尚吵醒，小和尚却道："有人在井边打水吃。"老和尚教小和尚也同他一样诵经，算是又熬过了一夜。

到了第三天晚上，师徒二人一蒙子同时醒了，果然听见厨房里又是一阵窸窸窣窣，一如前两回，先是瓶罐碰撞敲击，继之是沿着厨房门里到门外的一路之上都有沉重如坚物杵地之声，接着声音到了井边，居然有辘轳儿滚落、浮桶打水、乃至于有人"咕噜咕噜"喝水的声音。

这让老小二僧都按捺不住了，遂一前一后、蹑手蹑脚踅进了厨房，躲在门边儿，忽地打亮火折子一照，竟然看见井沿儿上站着个平素用来装酱油的瓶子。小和尚身手还是俐落些，上前一把攥住，使掌心紧紧封了瓶口，向老和尚说："我抓住这个外道了，师父看该当如何处置？"老和尚还没来得及反应呢，就听见那瓶儿里传出了一阵幽幽咽咽的哭泣之声。老和尚心一软，问道："瓶儿里的施主是不是有什么委屈啊？"小和尚说："瓶儿里的是个外道，怎么会是施主呢？师父！"老和尚不搭理徒弟，继续问道："施主既然待在瓶子里，不嫌闷气么？要不要出来说话呢？"小和尚又道："我这儿拿手掩着这外道，他才出不来的，师父要是放他出来，他不就跑了吗？"老和尚叹了口气，顺手接过那瓶儿，撒开瓶口，道："施主要是不嫌弃，就出来同老衲说说你的委屈罢。"

那瓶儿里的哭声又持续了一阵，才缓缓说道："我是出不来的，我就是这个瓶儿啊！"

"你怎么会成了个酱油瓶的呢？"老和尚不解地问。

"唉！说来话长——"瓶儿发出咕噜一声，好像是喝了一口水一般，才说下去："我前世是个富贵人家的子弟，从小我家中日日筵席、夜夜笙歌，总少不了喝酒的场面。大人们喝，就喂我少少地喝上一口、两口；这个喂一两口，那个喂一两口，久而久之，变成了个爱喝酒的小子。爱喝点儿酒没什么，可喝着喝着就不只一点儿了。

"到我二十岁上，已经是一天三大醉，醒了就得喝，醉了就得睡，简直没过过一天人过的日子。不到三十岁，家产就都教我给败光了。眼看没了钱，又弄得一身是病，我想这一辈子算完了，可下一辈子该做什么好呢？

"我一心一意还是只想喝酒，倘若仍旧托生于人家，无论如何富贵，喝起来也不过就是今生之我的这个模样、这个下场，那么不只苦了自己，也非要连累下一世的家人亲友不可。可我想喝酒这念头是决意不会更改的了，该怎么办呢？

在我临死以前，捧着个酒瓶儿，忽然想到了一个主意：何不到那最负盛名的酒厂附近，找个烧陶的窑户，就死在窑户的那块地上，日后一缕魂魄聚而不散，和入土中，让烧陶瓶的匠人们将土铲去，拉成了瓶坯，再卖给酒厂，酒厂之人再将我腹中灌满好酒卖了，那买酒之人满饮一瓶之后，自然像我一般，还是要提着我再往市上去沽满的，如此一来，我不是可以终日泡在酒里了么？

"不料人算不如天算，我死也死了，魂魄也钻进土中了，烧陶的匠人也把我铲了、烧了，更送进酒厂了。偏偏酒厂里装酒的那工人一个不留神，把我瓶口儿磕去一层薄釉——这一下，当然不能当做新酒瓶出卖了，人便把我同一堆破烂器皿收拾到一块儿，当旧货一股脑儿卖掉，几番辗转，竟然卖到贵寺来当酱油瓶了。酱油实在太咸，只好趁夜半无人，溜出来井边打点儿水吃、解解渴！"

这瓶儿的话才说完，老小俩和尚便听见寺后地藏王菩萨的殿上传来了一阵笑声。地藏王菩萨接着道："二位和尚如此艰苦地守着这一片寺院，还能心存慈悲；也难得一个酒鬼能有如此坚执的意念。那么，就容我施一点小小的法力，好让你们都能免受那千万亿劫永无止期的折磨罢。"

于是酱油瓶中的井水立刻变成芳香四溢的美酒，而且无论怎么倾倒、都倾倒不完，这是一瓶永远喝不完的酒——俩和尚当然不会变成酒鬼，可是在他们那个环境，僧人卖酒是法律允许的。俩和尚都靠卖酒活下来，都活得不错。不过，活得最爽的就数那酒瓶儿了。

连缀句子

这里有十五个随机从某篇文字中摘取下来的词语，按照顺序抄写下来是这样的：

> 夜雨、苦恼、狗、残羹剩饭、洒扫应对、声色俱厉、血脉偾张、猖猖然、有气无力、振振有词、猝不及防、且战且走、逡巡、挂名差事、衣裳楚楚

按照顺序，把这十五个词语组成一篇文章。这就是反其道而行的八股文章。有没有流传的价值？姑且不论。要之在于将词语组串起来之前，先要想想：原本不相关的词语该如何形成意念的结构，有了这个结构，题旨就会自然浮现。当然，写作的目的并不是为了还原这十五个语词之所从出的那篇文章。而且正好相反。

老师们在课堂上教学生写作文，往往先给题目，让学生们据题展开叙述、感受、议论，但是鲜少逆其理以为之。我的主张：看似

不相连属的词语在经过编织之后会出现词语原本未必具备的意义，或者是出现更强化以及更弱化的语义，掌握了利用词语变异，就能够让行文脉络于理路之外别具奇峭之姿，这是文章是否能够纵横变化的关键。

打个譬喻来说，根据一"句"题目而发展出来的文章，就像是通往一个目的地的道路，行路人左顾右盼，西望东张，还是朝既定之处迈步，总之会到点，也就没有什么意料之外的奇趣。可是连缀词语而行文就不同了，写作的人必须将词语作千槎万桠、绵亘交织的思索，让词语不断地跟词语交锋、互诘、连缀、颉颃。词语和词语有了合纵连横的各种选择，文章就成为自主思想的训练，而不是他人思想的附庸。

这是我所关心的事。

以下的两篇例文，一篇交代了八股取士到极盛时期在考场上出现的荒谬故事，一篇则是上述十五个语词的来历。

例 1

豆油炒千张

浙江省有个颇具名望的秀才，叫查秉仁，字乐山，才八九岁就进了县学。他非但文章有理致，还写得一笔好字。读过他的制艺之作、看过他书艺的人，都赞说是"状元之才"，这话称许了快二十年，就变了味儿了——寻常三年一大比，当然得秋闱得意，才好进京赴礼部会试。可是转眼间几度乡试入场，查秉仁的文字始终不能受赏于试官，捱到二十七八岁上，秀才还是个秀才。

可是既然走上这一条寒窗苦读之路，非皓首穷经不足以成就功名，只好逢考年便进场，试来试去，试的简直就是运气，哪里是身手？

这一年八月，援例入场之后，查秉仁挥毫成稿，完了八股，再写试艺诗，也是连行直下，不过二三刻工夫便写就了。可想到誊抄这一道手续，耗时费事，不如先小憩片刻的好。人才睡下去，忽然见侧墙上钻出来一张锅面儿大的脸子，接着，底下又浮出来一抹肥大的胸腹，面色青，牙似獠，可不就是个鬼吗？查秉仁圣贤书读久了，别的功德未必如何远大，胆识倒略有一些，登时冲这鬼道："我久困场屋，郁结甚深，能见鬼也是活该自然；倒是阁下，什么像样的富贵中人不好去祟，祟上了我，你不也跟着倒楣？"

此言一出，墙中鬼大乐，龇牙笑道："我早有一篇佳作，想想要帮衬帮衬场中有福之人，抢一个解元到手。无奈方才寻了一遍，这一科，都是群福泽浅薄的士子，当不起我这篇文字，倒是你还有点儿福态——我想把我那篇文字奉送了，提拔提拔你，你道如何？"

查秉仁转念一想：场中魑魅魍魉的故事何啻万千，幽冥恩怨，阴阳虬结，相互转为报施，也不是什么稀奇的事。如今虽然完卷，毕竟尚未誊抄，这鬼要是有几段佳文，何妨参考则个？于是一拱手，道："承教！"

墙中鬼当下应声念道："'香油煎鲞（音"想"）鱼，豆油炒千张'，这两句当作破题，不是太妙了吗？"

原来这一天的考题是《由也千乘之国可使》，出自《论语·公冶长第五》，八股文命题，就是借着要求士子们熟悉经籍的用意，刻意割裂原典。本来《论语·公冶长第五》的一段文字是这样的："子曰：'由也，千乘之国，可使治其赋也；不知其仁也。'"（按："由"指子路）

那是孔夫子答复孟武伯的问题：子路称得上是个"仁人"吗？孔子的答复是："拥有一千辆兵车的国家（算是个大国了），可以派他去执掌军事，至于他是不是个仁德之人么——我就不知道了。"

可是墙中鬼念的这两句破题却是坊间市上沿街叫卖小吃的贩夫们经常吆喝的"香油煎鲞鱼"（就是'麻油煎咸鱼'的意思）、"豆油炒豆腐皮"。

查秉仁一听之下，不免狂笑了几声，道："这是卖吃食的吆喝，以之入于时文，不是丢我的脸么？"一面说，一面抄起矮几子上的砚台，顺手一泼，将砚池里的墨汁统通洒在那墙中鬼的一张大脸之上了。可说也奇怪，也便在此一瞬间，墙中鬼不知怎么用力，忽地伸出一枝朱砂笔来，猛里朝前一递，点上了查秉仁的前额，但见查秉仁连连点起头来，口中支支吾吾了半晌，听来不过是一声又一声的"好"字。不但叫好连声，手中也不闲着，捉起笔来就把那两句"香油煎鲞鱼，豆油炒千张"录写到试卷头一页的题目之下，成了十足的破题。

从前老科举时代以八股文取士，行之既久，遂有定格，开篇数句，必须点破题目的要旨，称为"破题"。不过在格式上，不同的考试现场，往往有不同的斟酌。有的考官非常讲究形式整秩，所以破题的两句得依照规矩直接书写在题目下方、命题纸页之上。有的地方、有些考官不那么推求，破题写在题纸上，顺带缴回，本无不可，答题卷纸上添写一遍更无所谓。破题的格式事小，是不是能够震慑主试之人，倒成了明、清两代学官消磨士子精力和才具的精神刑具了。话说回头：查秉仁那笔娟秀的小楷一落纸，写下看似破题的两句，但听得侧墙之上传来一阵"哇哈哈哈……"的狂笑，而查秉仁却似乎并没有察觉什么异样。

考这么一趟，不是一篇文字就打发了，还有二、三场。在查秉仁自己看来，今年之作、笔笔顺畅流利，所以到了二、三场上，莫不悉尽心力而为之——由于文章得意，他似乎根本不记得被墙上之鬼捉弄的那件事。

不过，考官毕竟还是衡文的关键。明、清科举，无论是举人或进士，都称他本科考试的主考官为"座主"。乡试也好、会试也好，座主皆由皇帝亲自简派重臣担任，考差是个苦差，但是也有荣誉职的意思，表示皇上信得过此人，能够为国家举荐、甄别出真正的人才。

"座主"既是京中的名公巨卿，主持考试，当然不能一个人看卷，是以还得差遣助理阅卷的许多陪考官，将士子的卷子分别单位，再行看卷，这单位就称"房"，所以襄理阅卷的同考官又叫"房官"。会试这个等级的房官，例用翰林院的编修、检讨以及进士出身的京官；至于乡试这一等级的房官，就专用在本省服官而有科甲出身背景的人。因为这样的官一定是外省来的人，比较不至于因为亲眷故旧戚谊之故而有所包庇。

且说这一科乡试里，有位同考官是翰林院刚散馆、出任浙江金华的县太爷，平素颇自命不凡，眼底没什么值得看的文章，见了士子就骂少年不读书，见了同僚就骂长官不读书，见了长官就骂天下人不读书。

爱骂人者，往往也惯于笑人。这一天读到了《由也千乘之国可使》的破题，居然是"香油煎鲞鱼，豆油炒千张"，不禁开怀大笑，未料笑得兴起，没留神、一副下巴颏儿猛可之间掉了下来，张口闭不上，有话道不出，左右伺候的没见过这个，还当这房官忽然之间得了怪症，一面赶紧让厮役人给扶进内室榻上，暂且斜敧着歇息，另外喊了巡绰士兵请主考官来探视、作主。

阅卷之地是贡院的"内帘"，有叫"聚奎堂"的，也有叫"衡鉴堂"的，也有叫"抡才堂"、"衡文堂"的。堂东是座主的居处，堂西是诸房官的寝室，这厢一呼喊，那厢便听见了。正好此科的座主跟这房官还有同年之谊，赶过跨院来一看，见这房官躺不躺、卧不卧，坐也坐不直、趴也趴不稳，就会皱个眉毛、咧张嘴傻笑，一边笑、一边还淌着唾沫，勉强朝外间屋的案上抖手打哆嗦，座主看着可怜，直说："唉呀呀！老年兄怎么得了这么样一个怪病呢？"

房官愈想辩解自己没病，就愈是显得拧眉歪嘴、怪状十足。座主里里外外打量了好半晌，才勉强意会过来：房官这是在告诉他，正看着卷子；那么一定是卷子上有什么要紧的文字，让他如此激动、恐怕还动了气血呢！

于是座主趓到外间厅上，拾起案头查秉仁的那份卷子。偏偏他老人家拿的时候没留神，漏了题纸，也就自然没看见前一页题纸上那两句"香油煎鲞鱼，豆油炒千张"。等再回头看一眼里间屋，但见房官仍旧笑容可掬，抖着手、显得异常激动。

座主很快地将手中的卷子浏览了一遍，不禁抚髯颔首，道：
"真真是好文章哪、好文章！老年兄呀老年兄！人都说你恃才傲物、
摒抑后生，殊不知你是真爱才的，能够拔擢出这样一个文理清隽、
更兼铁画银钩的佳士，无怪乎如此感动呢。这份卷子我且持去，同
副总裁好生研议研议。"说完随即拱拱手，扭头就出去了——他老
人家没打诳语；还真是立刻找来了副总裁、还有其他各房的考官一
同会商，看看这一科的文字里，有没有比这一篇还要好的？座主如
此示意，已经很明白了："这份卷子，我看是个'解元'的架势，
诸君之意若何呢？"

副总裁与众房官自然一派唯诺，大家都交口称颂座主眼光，解
元庆得其人，如此发解到京师，也一定为朝廷举荐出卓越的人才。
好了，就这么发了榜。查秉仁，果然中了这一年乡试的解元。

可原先那房官可着了急，一出闱便到处访求接骨名医，好容易
一巴掌把下巴颏儿给推回去了，等看了榜，发现查秉仁是解元。连
忙调出原卷一核对，果然是令自己笑掉下巴颏儿的那一篇文字，这
才慌慌张张去找座主。

"大人！"虽说是同年之谊，房官可不敢跟座主称兄道弟，还
是本本分分行过了礼，道："查秉仁这个解元一发，从此大人和卑
职，可就名声扫地啦！"

"你这是说哪儿的话？"座主还当这房官是客套，笑着说："查
秉仁文章本来就十分好；莫非是因为出于老年兄门下，老年兄特意
地作如此过谦之词罢了？这，同你平日持论可是大不相同啊！"房
考官打从袖筒里摸出那份题纸来，道："无论下文如何，观其一破，

盖可知矣！这查秉仁居然能把子路（按：由，谐音"油"）煎了咸鱼、还炒了千张，大人！这，万一传扬出去，是不大像话呀！"

众考官轮番看了看这卷子，都笑了，但都也笑不久，因为题纸底细具在，如此行文而能居于解元，考官岂能有不问罪者？百般无奈之下，此科担任监临的浙江巡抚硬着头皮说："只能这样了：我行一纸文书，前去他县里将人发落了来，让他当场重写一份题纸，暗中换了卷子，也就罢了。"

发落查秉仁跑这一趟还另有用意，可得问问他：究竟是吃了什么熊心豹子胆、敢在破题之处写上这么样的两句荒唐之文？查秉仁不敢隐瞒，浑身上下打着寒颤，把考场里的见闻说了一遍。众考官似乎都很满意，因为座主说："倒是阴错阳差喽！我看那墙中之鬼，定是魁星下凡，必欲为这一科添点儿佳话，否则我等走马看花之际，说不定等闲视之，还真看走了眼，让这佳士的文章徒留遗珠之憾——是罢？"

"阴错阳差！是是，阴错必得阳差！"那房官摸着自己的下巴，喃喃地说："居然卑职这下巴落得这么好！"

例 2

狗

梁实秋

我初到重庆，住在一间湫溢的小室里，窗外还有三两窠肥硕的芭蕉，屋里益发显得阴森森的，每逢夜雨，凄惨欲绝。但凄凉中毕竟有些诗意，旅中得此，尚复何求？我所最感苦恼的乃是房门外的那一只狗。

我的房门外是一间穿堂，亦即房东一家老小用膳之地，餐桌底下永远卧着一条脑满肠肥的大狗。主人从来没有扫过地，每餐的残羹剩饭，骨屑稀粥，以及小儿便溺，全都在地上星罗棋布着，由那只大狗来舔得一干二净。如果有生人走进，狗便不免有所误会，以为是要和他争食，于是声色俱厉的猛扑过去。在这一家里，狗完全担负了"洒扫应对"的责任。"君子有三畏"，猘犬其一也。我知道性命并无危险，但是每次出来进去总要经过他的防次，言语不通，思想亦异，每次都要引起摩擦，酿成冲突，日久之后真觉厌烦之至。其间曾经谋求种种对策，一度投以饵饼，期收绥靖之效，不料饵饼尚未啖完，乘我返身开锁之际，无警告的向我的腿部偷袭过来，又一度改取"进攻乃最好之防御"的方法，转取主动，见头打头，见尾打尾，虽无挫衄，然积小胜终不能成大胜，且转战之余，血脉偾张，亦大失体统。因此外出即怵回家，回到房里又不敢多饮茶。不过使我最难堪的还不是狗，而是他的主人的态度。

狗从桌底下向我扑过来的时候，如果主人在场，我心里是存着一种奢望的：我觉得狗虽然也是高等动物，脊椎动物哺乳类，然而，究竟，至少在外形上，主人和我是属于较近似的一类，我希望他给我一些援助或同情。但是我错了，主客异势，亲疏有别，主人和狗站在同一立场。我并不是说主人也帮着狗猖猖然来对付我，他们尚不至于这样的合群。我是说主人对我并不解救，看着我的狼狈而哄然噱笑，泛起一种得意之色，面带着笑容对狗嗔骂几声："小花！你昏了？连×先生你都不认识了！"骂的是狗，用的是让我所能听懂的语言。那弦外之音是："我已尽了管束之责了，你如果被狗吃掉莫要怪我。"然后他就像是在罗马剧场里看基督徒被猛兽扑食似的作壁上观。俗语说："打狗看主人"，我觉得不看主人还好，看了主人我倒要狠狠的再打狗几棍。

后来我疏散下乡，遂脱离了这恶犬之家，听说继续住那间房的是一位军人，他也遭遇了狗的同样的待遇，也遭遇了狗的主人的同样的待遇，但是他比我有办法，他拔出枪来把狗当场格毙了，我于称快之余，想起那位主人的悲怆，又不能不付予同情了。特别是，残茶剩饭丢在地下无人舔，主人势必躬亲洒扫，其凄凉是可想而知的。

在乡下不是没有犬危。没有背景的野犬是容易应付的，除了菜花黄时的疯犬不计外，普通的野犬都是些不修边幅的夹尾巴的可怜的东西，就是汪汪的叫起来也是有气无力的，不像人家豢养的狗那样振振有词自成系统。有些人家在门口挂着牌示"内有恶犬"，我觉得这比门里埋伏恶犬的人家要忠厚得多。我遇见过埋伏，往往猝不及防，惊惶大呼，主人闻声搴帘而出，嫣然而笑，肃客入座。从容相告狗在最近咬伤了多少人了。这是一种有效的安慰，因为我之未及于难是比较可庆幸的事了。但是我终不明白，他为什么不索兴养一只虎？来一个吃一个，来两个吃一双，岂不是更为体面么？

这道理我终于明白了。雅舍无围墙，而盗风炽，于是添置了一只狗。一日邮差贸贸然来，狗大咆哮，邮差且战且走，蹒跚而逸，主人拊掌大笑。我顿有所悟。别人的狼狈永远是一件可笑的事，被狗所困的人是和踏在香蕉皮上面跌跤的人同样的可笑。养狗的目的就要他咬人，至少作吃人状。这就是等于养鸡是为要他生蛋一样，假如一只狗像一只猫一样，整天晒太阳睡觉，客人来便咪咪叫两声，然后逡巡而去，我想不但主人惭愧，客人也要惊讶。所以狗咬客人，在主人方面认为狗是克尽厥职，表面上仅管对客抱歉，内心里是有一种愉快，觉得我的这只狗并非是挂名差事，他守在岗位上发挥了作用。所以对狗一面苛责，一面也还要嘉勉。因此脸上才泛出那一层得意之色。还有衣裳楚楚的人，狗是不大咬的，这在主人也不能不有"先获我心"之感。所可遗憾者，有些主人并不以衣裳取人，亦并不以衣裳废人，而这种道理无法通知门上，有时不免要慢待佳宾。不过就大体论，狗的眼力总是和他的主人差不了多少。所以，有这样多的人家都养狗。

（本文收录于《雅舍小品》，正中书局出版）

写东西

东西不能只是东西，咏物多以承情、言志，甚至载道，于是在设想着写作某物的时候，必须指东画西、说东道西，或不免于声东击西。

试以例言之。杜甫咏竹，前六句写的是为物可见之竹："绿竹半含箨，新梢才出墙。色侵书帙晚，阴过酒樽凉。雨洗娟娟净，风吹细细香。"到了第七、八句，笔锋一转千里："但令无剪伐，会见拂云长。"就事理来说，谁会期待养了一竿长竹子去扫云朵呢？那么，这两句就不是写竹，而是自况了。但凡有志节的士人都能够不受迫害，戮力报国，大约也就是乱世之中像杜甫这般流离失所的读书人非常卑微的愿望了。再看骆宾王早年受人诬陷入狱时所写的《在狱咏蝉》："西陆蝉声唱，南冠客思侵。那堪玄鬓影，来对《白头吟》。露重飞难进，风多响易沉。无人信高洁，谁为表予心？"细细读之，会发现几乎句句是写自己的遭遇和心境，反而与生物状态的蝉全然无关了。看起来题目指称的东西，必须在东西之外。

小学生作文都写过《我最爱吃的水果》，其难处常在于好写的水果并不真好吃，爱吃的水果往往不好写，我八岁的时候写这题目就撒了谎：明明爱吃的是苹果，可是由于价格昂贵，没吃过一两次，下笔当然蹇涩空洞。无可奈何，只好写香蕉、橘子，通篇用些浮泛的比喻，凑足两三百字，往《国语日报》投稿，居然刊出了。读了几遍，真不敢相信是自己写的。

　　四十多年之后，某航空公司来邀稿，要我写一篇文章，介绍一种台湾的水果。我想起了陈年旧事，一方面觉得要对得起那优渥的稿费，不能应付了事，一方面还真想反刍一下自己多年来吃掉的水果。当下立刻想到两个句子，是平生所爱，出自韩愈的手笔，诗题是《送张道士》——这首五古通篇四十二句，却有十一个"不"字，其中有一半是可以用其他的字词代换的，然而文起八代之衰的韩文公偏不讲究——而我所衷爱的句子也在其中："霜天熟柿栗，收拾不可迟。"

　　为什么不可收拾得迟了？这里面有一种迫不及待的心情。那么，该写的可能不是水果，却是心情。至于苹果，早就不那么贵了，也还是我的悬念之一，为什么不能写呢？

　　无论柿子还是苹果，对我而言，都不只是咏颂的对象，不是东西而已。而能够写、值得写的东西，必须跟我有一种迫不及待通过文字反思再三的关系。

例1

霜天熟柿栗，收拾不可迟

柿子不是好对付的水果，想吃它得先认识它；想认识柿子，最好先了解楔榗。楔榗读作"明楂"，不论树干、枝叶、果实各部分，都酷似木瓜，但是楔榗要大得多，颜色也黄些。要分辨木瓜和楔榗得用明代李时珍在《本草纲目·果部》里的法子：果蒂间有重瓣的是木瓜，没有重瓣的就是楔榗了——其实这是废话，就算我们能分辨出楔榗和木瓜的差异，也没什么大用处，因为市面上买不到楔榗。有一次我问果贩："卖不卖楔榗？就是很像木瓜、大一点、也黄一点的那种水果。"果贩于是挑了一个大一点、也黄一点的木瓜给我。

买不着楔榗不打紧，据我看木瓜也抵事。木瓜是小乔木，个头儿比楔榗树矮得多，可是木瓜甜得多，对付起柿子来一样有功效。这就得回头说明一下：为什么要对付柿子。

在水果之中，柿子是牡羊座，这可不只是因为柿树在四月间开花之故，柿子还有极其独特的个性——有人说它的味道"倔"，就算熟透了，也还带着些儿不情不愿的涩劲儿、或者是韧性——这一点对喜欢柿子的食客不发生作用，就有偏爱不驯之气的口味，是以普天之下的怨女旷夫不尽是牡羊座。

至于那些不能品尝柿子原始风味的人也会想尽种种对付它那不驯之气的法子。欧阳修《归田录·卷二》里就教我们：在百十颗生柿子里放一个楔榗，过些日子，所有的柿子就"红烂如泥"，可以吃了。

我先前是这么说的：买不着榠樝不打紧，木瓜也抵事。这种近朱者赤、近墨者黑的作法算是文明的，不论木瓜也好、榠樝也好，毕竟都是鲜果；熏之染之，相濡相习，还是君子行径。然而坊间有不耐久候的果贩，早早地将尚未透熟的柿子摘采了，用细白砂糖密覆重裹，强加浸渍，非要迫得它甜腻不可，这样的蜜饯入口呛呴、在手沾黏，伧俗至极。

唐代的段成式曾经在《酉阳杂俎》为柿树撰文旌表其美，称道它有七种不寻常的德行："俗谓柿树有七绝：一寿、二多阴、三无鸟巢、四无虫、五霜叶可翫（玩）、六嘉实、七落叶肥大。"文人下笔好穿凿，虽然无可厚非，却总嫌强词夺理。试想：一棵树活得长、而不能嘉惠虫鸟；生得叶荫茂密、则树下也很难生成如茵似席的草皮；其孤僻可知。至于霜叶如何玩？该是佗傺无聊之极的人才会想出来的把戏。落叶肥大则更平添一种老而不死的厌气。看来柿树若有一美，还在它的"嘉实"上——关于这一点，我不同段成式抬杠。

柿子，从开花到结实需历时五个月，别有一种不与桃李争春的雍容。在干旱的酷暑中，我们吃水果的人宜乎加意想象：柿树的花期早就过了，可是青绿色的果子仍然殷勤地酝酿着体内残存的一点点水分，活下去，决计不会忧心它该以如何甜美的汁液取悦知味者。

所谓生、所谓涩，都有一种顽强且孤绝的青春况味。等到夏末秋初，骄阳残曝，是柿子崭露头角的季节，韩愈《送张道士》诗形容得好："霜天熟柿栗，收拾不可迟。"意在提醒食客趁早。即使如此，柿子到了极熟之时，它的青春期还没过完，嗜食柿子的人展齿相迎，鼓舌而润，还可以依稀吮咂得出少年滋味。

例 2

苹果的名字

汉字的"苹果"有两种写法，一作"蘋"，一作"苹"。这两个字原本跟"apple"一点儿关系都没有，就像"apple"跟伊甸园里被亚当和夏娃误食的禁果一点儿关系都没有一样。"蘋"，今天的名称是"田字草"，四瓣四方色泽青翠的叶片，可称之为"端庄"的一种美，春秋时代是采收来荐献鬼神、款待王公的高级料理。"苹"，也是中国古有的一种植物，《诗经·小雅·鹿鸣》有"呦呦鹿鸣，食野之苹"的句子，据说这里的"苹"所指的，是一种后来称作"蘋萧"或"蘋蒿"的野菜，叶色清白，茎像一根根的白杨木筷子，既轻又脆，长到发出香味的时候，就可以吃了。

两种与"苹果"全无干系的植物却成了这水果的名称了，这是怎么回事? 到底是谁、又到底为了什么缘故而为"苹果"如此命名的?

我记得有人考证《红楼梦》里的果子酒，说到第九十三回，贾芹上水月庵去胡闹，所买的酒"有可能"是苹果酒。考证者还说：西元一世纪左右，中国已有苹果的栽培。汉代称为"柰"，之后又有"林檎"、"海棠"、"西府海棠"一类的称呼。主要分布在大西北地区，然后传向各地大量种植。

但是从左思的《蜀都赋》所谓"朱樱春熟，素柰夏成"看来，"柰"是大热天结实的水果。明代李时珍《本草纲目》上则特别指出：凉州（在中国的西北地区）有"冬柰，冬熟，子带碧色"，这反而显示一般的"柰"还真是夏日的水果。"柰"和"林檎"的形状似卵或球，个头儿也都比苹果小得多。至于宋朝极有名的笔记著作——孟元老的《东京梦华录·四月八日》记录当天市面上的水果："时果则御桃、李子、金杏、林檎之类。"可证"林檎"上市已经是春末了，也就不会是苹果。

　　那么"蘋婆"这个名称怎样？明朝谢肇淛《五杂俎·物部三》描述三种美好的水果，分别是："上苑之蘋婆，西凉之蒲萄（葡萄），吴下之杨梅。""蘋婆"这个名称会让人联想到鸡皮鹤发的老太太吧？怎么会是坚翠多汁、丰润艳丽的苹果呢？谢肇淛所指称的的确是苹果，但是"蘋婆"这两个字却另有来历——它是梵语"bimba"的音译，意思原本是指相思树，由于果色鲜红，这个印度巴利语的字也就常常被借来作为"赤红色"的喻称。我们只能猜测：当时除了皇帝的植物园，外间还没人种植这种果树，一般人也就无以名之；谢肇淛尝到那稀罕的果实，感觉滋味冠绝天下，可是向他介绍此果的人只能借一个佛经上用来形容"赤红"的语汇来向他介绍这种水果。误会可就大了。

　　直到我偶然间读到吴耕民所写的《果树栽培学》，才知道：有一位美国传教士在清朝道光三十年（西元一八五〇年）左右，从加州引进了一批树苗，在山东烟台新亭山东侧的坡地上栽植，中国人才渐渐熟知这种水果。到了一九九〇年代，烟台所产的苹果竟然占

185

全中国总量的五分之一。而吴氏则在书中非常笃定地说："此为我国栽培外国苹果之倡始。"

如果吴氏说得没错，那么明朝皇帝御苑里的那种水果又是什么呢？如果中国自有本土生产的苹果，又是什么模样、又该如何命名呢？苹果这个名字困扰我太久了，这样一个简单的命名问题，却找不到适当的答案，使我不得不想起《圣经·箴言书》第二十五章十一节的铭言："一句简单的话，若说得适当，有如银网中放上金苹果。"

率然

什么叫"率然"？率然不是任性，而是让严密组织起来的文章有一种诸般元素自然呼应的活性。

我在《大唐李白》的故事里说过一个现象。就是唐代寺院宣教，常常刻意不立文字，而借助于歌唱。归根结柢，是由于当时传教者有一个普遍的想法：人们即使能透过文字的记录获取知识、传递信息，却不一定由于对于文字的理解而产生出宗教的情感。

若要问：如何才能让善男信女产生礼佛的虔敬之心呢？恐怕是要经由佛曲的传唱也就是音乐美感的召唤反而更为迷人。这是一个相当幽微深刻的道理，在此暂不细论。要之在于传唱佛曲跟我们今天唱流行歌有些相似。受众为旋律所吸引，反复讽诵，熟悉其曲调，追随其节拍，有些时候未必一一辨识字句，已经起了情感的波动。所谓"乐以道和"者是。

说起写作文，回顾一下中小学时代我们在课堂上受到的训练，总是先分辨：今天要写叙事文、今天要写议论文、今天要写抒情文。所谓"文体"的认识，让我们为"写什么"所制约。在这个认知基础上，老师当然须要解释概念，说明作法，以俾学子下笔时有其张本，就像逐字逐句讲解佛经上的义理一样。由于先有了概念（我要写的是哪一类的文章），这个概念还可以引申成更繁复的概念（这一类的文章该这么写，那一类的文章该那么写），通常还会教导学生彼此殊异，勿相杂厕。这个作法会让学生从小就是在条条框框的格式里作文章，也很难真正辨别各个作家、作品风格上细腻的差异。

由于身在条条框框里，作起文来，往往顺丝就理，很难活泼。而活泼之文必须摆脱掉"我这是在写哪一种文章"的"就轨"之念。这就要先解释一下以下所展示的例文了。这是我几年前写的一系列与"遗忘"有关的小文章之一。命意之初，是两个常见的成语："得志毋相忘"、"得意忘形"。得志和得意在此处是相近的意思，可是一个要人莫忘前恩，一个却指责人忘了本体，说的原不是一回事。两句话、两个理，能不能绑在一起说？天下无不可罗织之文，当然可以——问题是怎么调度。

首先，要把一个说起来可能嫌长的故事（姑且把这故事命名为《涌金门前卖字》）打断成两截，中间隔离出一个能够让读者暂时忘记这故事的空间，装上几则相关的漫谈，这样会使文章丰富起来。

之后，才绕回来继续说《涌金门前卖字》，读者会发现他几乎已经忘了前面还说过这个故事。这是在走文的形式上运用"遗忘"的作用，当读者再想起来故事还没说完的时候，已然得到"重拾"情节的快感。这就是为什么传统的说书人常常硬熠硬接地说"此处按下不表"、"前文说到"，就是强行阻断记忆以及召回记忆的手段。

一件事从头到尾、从前到后，严丝合缝地说，固然合理，不过，容我们想一想孙子用兵的一个譬喻。《孙子·九地》篇上说：

> 故善用兵者，譬如率然；率然者，常山之蛇也。击其首，则尾至；击其尾，则首至；击其中，则首尾俱至。

"率然"，只是一个形容词。将用兵之语用在作文上，其法亦同。它一方面是要灵活地让敌人（读者）捉摸不到眼前以外的兵阵部署，一方面更不会忘了自己（作者）原先在哪里埋伏着可以调度的部队。

文章中的大道理是隐藏着的，是不动弹的，想象一下佛经上那些发人深省的字句，它是一直在那儿等待读者走眼而过的时候，会心一见，若有所得，这就是孙子所谓的"击"了。读者一击，文章乃应。

回头再想想：一首优美的歌曲，往往透过它曼妙的音乐让我们记忆、感受，获得欢愉；有时不一定要逐字解悟，辨旨训诂，一样心领神会。告诉你个秘密：我很喜欢听"西蒙和加芬克尔"（Simon & Garfunkel）的《Scarborough Fair》这首歌，可是我唱这首歌唱了四十多年，到现在为止，还经常搞混，在parsley、sage、rosemary、thyme里，究竟哪一个是荷兰芹、哪一个是鼠尾草、哪一个又是迷迭香或百里香。然而当这四种香草出现的时候，并不是借助于语词的意义打动我，而是熟悉的、重复地敲打着记忆的旋律。

例

毋相忘

相传雍正还是皇子的时候，有"任侠微行"的活动。某年游杭州，将泛西湖，出涌金门，见一书生卖字，笔画颇为精到，遂命书一联，中有"秋"字，可这书生好卖弄，将左禾右火的秋字写成左火右禾。胤禛指着那怪字问道："这个字，没写错么？"书生当下例举某帖某碑为证，说这是个古写的秋字。胤禛随即道："你这么有学问，怎么不应个举业，讨个功名出身？"书生答曰："不瞒您说，学是进了的、举也是中了的，无奈家贫候不着职缺，连妻儿都养不活；还是卖字维生、得过且过，哪里敢奢望什么富贵呢？"胤禛闻言，立刻从囊中取出几锭马蹄金，慨然道："我作生意赚了些，不如资助你求个功名——他年得志，毋相忘耳！"

这里且打住，先说"得志毋相忘"。在中国民间的叙事传统里，"得志相忘"是个老题目。蔡伯喈与赵五娘、陈世美与秦香莲、莫稽与金玉奴、洪钧与李蔼如，可想而知：只要有微时结褵的故事，便少不得"他年得志，幸君慎毋相忘耳"的叮咛，且这叮咛通常是无效的。故事里固然有薄悻男对痴情女的性别问题，也有忘得多和忘得少的差别待遇，但是，说"得志"似乎总是会"相忘"则大体成立。

多年前曾有基隆某男中了乐透、独得彩金三亿三千万，又不想被糟糠之妻瓜分，竟至闹到诉请离婚的地步，可知此君之凉薄，竟也颇合于古。在《孔子家语·贤君篇》里就曾经记载，鲁哀公拿一则新闻问孔老夫子:"寡人听说,有人忘性大到搬了家、竟然把妻子忘在老宅子里了。"孔老夫子当然要借题发挥一下,话锋一转,指责起夏桀"忘祖"、"坏法"、"废其世祀"、"荒于淫乐";老夫子可能一时忘了他自己半途而废的婚姻,因此没有想到,鲁哀公对这一则忘妻的故事之所以情有独钟、引为笑谈,必定有他自己不足为外人道的羡慕之意。

《今古奇观》第五卷的《杜十娘怒沉百宝箱》就是这么一个儆醒人什么该忘、什么不该忘的故事。其中有一个段子,是老鸨斥骂十娘:

> 我们行户人家,吃客穿客,前门送旧,后门迎新,门庭闹如火,钱帛堆成垛。自从那李甲在此,混帐一年有余,莫说新客,连旧主顾都断了,分明接了个钟馗老,连小鬼也没得上门,弄得老娘一家人家,有气无烟,成什么模样!

这老鸨堪称专业,知道烟花行户有个"相忘"的本质在,送往迎来、前出后进,一旦流连顾盼,必有晦气麻烦。故事的后半截儿李甲还没来得及"得志",便要把十娘转卖给个盐商,可见他才该吃十娘这"行户人家"的饭。

同样是"前门送旧、后门迎新",可是烟花这行户和官场仍有不同;其不同者唯在于后者是不容"得志相忘"的——这就要把话说回来了。话说涌金门前卖字的书生拿了胤禛的马蹄金,"即上公车,连捷翰林",推其经历,当有个一两年的光景。

这个时候胤禛已经践祚,是为雍正。一日,皇上看见翰林里头有这么个名字,想起涌金门前旧事,遂召见,交发了一张写了个"和"字的纸片给书生——只这左禾右口的和字,却写成了左口右禾,雍正还问了句:"这,是个什么字啊?"书生立刻奏答:"这是个错写的'和'字。"雍正笑而不语,让书生退下去了。第二天一早,书生奉诏前往浙江向巡抚衙门报到。巡抚启视上谕,雍正批的是:"命此书生仍向涌金门前卖字三年,再来供职。"书生这才想起来:他实在是忘了不该忘的人、以及不该忘的事。

得意而不宜忘者不只是恩情,还有本分。世传另一个故事也归之于雍正,可就惨烈得多。某日宫中献演杂剧,有搬绣襦院本《郑儋打子》,扮演剧中常州刺史郑儋的是个曲伎俱佳的伶人,雍正对此伶十分称赏,有"赐食"的恩典,未料这伶人一时得意忘形,顺口问了声:"如今常州府知府是谁啊?"雍正却出人意料地勃然作色——可见他老子康熙在他还是个孩子的时候就曾经说他"喜怒不定",真是识虑深远了。话说雍正当下斥责那伶人道:"你不过是个唱戏的,居然敢擅问官守?"天子之怒,非比寻常,这伶工当场就给乱杖打死了。

这个故事听过就忘了罢,不好到处传诵;一旦听的人多了,大家总十分容易联想起当今台面上得志忘形的官儿,那得预备下多少棍棒伺候?照忘形的德行打遍了,恐怕要满朝为之一空。

句法调度

多年前我写《小说稗类》，其中一文《说时迟、那时快——一则小说的动作篇》提到：生命中就有连施耐庵都写不好的动作。我特意举非常知名的段子"鲁智深倒拔垂杨柳"为例，说明叙述句的主词之后倘若出现了一连串不得不予以记录的动作，在口耳相传的"说"故事环境里，人们也许不会在意动词之冗赘，可是在书写与阅读的文本环境里，一个主词很难挑起大量连串的动作，当时我举的例子是这样的：

> 智深相了一相，走到树前，把直裰脱了，用右手向下，把身倒缴着；却把左手拔住上截，把腰只一趁，将那株绿杨树带根拔起。
>
> （按："相"即是看、打量的意思，"趁"即拉直、伸直之意）

为什么施耐庵不去掉几个重复的"把"字，写得简洁一点，如：

智深相了一相，走到树前，把直裰脱了，右手向下，倒缴着身；左手拔住树上截，一趁腰，便将那株绿杨树带根拔起。

　　这样多俐落？但是，我虽然像小学老师改作文一样修剪了语词的毛病，却仍不能改善较大的问题，那就是一个主词其实拖不动那么许多连贯性的动作。说书人推动情节，唤起听众掌握物象与意象，听众但凡进入了动作的情境，不会计较那主词是否不堪负荷。可是诉诸文本却迥然不同，熟练的作者必须另辟蹊径。

　　《三国演义》写战阵、《西游记》写武打，无论多么生动入微，仍不免凝滞、拖沓，要避免大贤尚且不免之病，就要学着将一部繁冗紧密的动态，拆解得玲珑剔透。举个例子：说烹调。熟眼人看得出来，我偶尔写吃食，意思都不在写吃食。嘟嘟鸡当然是吃食，以之作题，写得又那么短，还能有什么别的意思呢？

　　从技巧上来说，这一篇是以调度句法的方式，描述一连串的烹调实况。做菜的手段既不可偏省，书写的内容又不能冗赘，四、五、六段是矣！要诀之一就在于领句的时间副词如何变化。不过，常见的"接着"、"后来"、"然后"之类语词能省则省。个人以为，最好的调度方式是"掉开一笔"，也就是不必关心叙述是不是按着时间轴线行走。

　　比方说：第三段从沙锅里有一块两许重的猪油岔开写声响，而不继续描述工序，其目的就是把做菜的活动分配到下文去写，如此一来，既揭露了嘟嘟二字的由来，也舒缓了一直描述工序的臃肿之感。

从主题上来说，写吃不只写色香味，是一个别开生面的尝试。写声响也不只是写声响，还引出魏环溪的话来，则别有怀抱。然而借事说理，还嫌不够，末了再"掉开一笔"，写掌杓妇人看电视，刻意添补形容细节，以便舒缓前文的教训颜色，则趣味横生。不期然、竟有之，却不是写文章的人能编得出来的。

例

嘟嘟鸡

有一年崔健在广州办演唱会，我受命去作一个为期四天的贴身采访，住在一家叫白天鹅的饭店。夜里闹饿，翻开客房餐点单，发现样样贵得惊人，只好出门下楼，到街上找小吃。拐弯儿抹角地来到一爿小店，木门半掩，昏灯微明，门前的夹板上绿漆大字"个体营业中"，我是走过了再绕回头的，因为门里头透出来的香味儿实在不能错过！

这是我跟嘟嘟鸡的第一次遭遇。

为什么叫嘟嘟鸡？据说是象声之词。沙锅端上桌，一路嘟嘟作响，算个噱头。之所以会响，乃是因为沙锅里原先有一块两许重的猪油，油沸之际，放入温度较低的物料，冷热相逢，冰炭怀抱，不免嘀咕，这是嘟嘟的由来。道理不大，要能闹出这声儿却是个学问，因为无论是生料太多、锅身太小或者温度不足或太过，都叫"哑巴锅"，哑巴锅没有好吃不好吃的问题，就是外行而已。

爱听响声的必须谨记食材分量：此锅主料是鸡，鸡不能大，一片二三两足矣。猪肝二两、生鸡切块，猪肝切片，以精盐三钱、白糖二钱、太白粉五钱，杂拌，算是腌一下；之后鸡归鸡、肝归肝，小别两处。

其次，要用大火干烘沙锅片时，才下猪油，复将已经切作寸断的二两葱和五六片姜入锅爆香，随即把鸡块置入，继续爆至金黄，才下生抽酱油——有人好甜，那么老抽也可，但是切记焦糖熬练的老抽往往抢鲜，对猪肝不利。

生抽五钱足矣，入锅即加盖，三分钟后再下猪肝。讲究的店家往往在鸡块上铺成一圈，状似花瓣，加盖再嘟一分钟，就成了。其间碧碧波波，喧填热络，食材佐料，相互缠斗，颇有搅金伐鼓的气魄。魏环溪谓："君子如水，小人如油。水，君子也。其性凉，其质白，其味冲；其为用也，可以浣不洁者而使洁。即沸汤中投以油，亦自分别而不相混，诚哉君子也。油，小人也。其性滑，其味浓；其为用也，可以污洁者而使不洁。倘滚油中投一水，必致搏击而不相容，诚哉小人也。"如此看来，嘟嘟锅里的小人亦复不少。

我第一回尝嘟嘟鸡便一扫而光，掌杓的妇人端鸡上桌之后与我隔案而坐，老冲我傻笑。过了好半天，经我仔细一打量，才发现她是目眴脱窗，注视的焦点不在我身上，惹笑的也不是我的吃相——人家是在看我左后方的电视。

"你看电视怎么不开音量呢？"我说，"这样看得懂吗？"她猛可转脸朝我，眼睛却像是看着我右后方的厨房："开声音就听不见嘟嘟了。"足见嘟嘟鸡是吃声相的。

开口便是

　　李白有一篇标题很长的短文《冬日于龙门送从弟京兆参军令问之淮南觐省序》，文中充分流露出对自己才思之满意。这篇文章是李白给李令问送行所作，想是送行之际，水酒喝了不少，欢情融洽，彼此愈见欣赏，其情如此："(李令问)常醉目吾曰：'兄心肝五脏，皆锦绣耶！不然，何开口成文，挥翰雾散？'因抚掌大笑，扬眉当之。"

　　这一小段话就洋溢着十分饱满的文采。借由李令问不免带些夸张意味的称赞，李白丝毫不客气地承认了他的能力，不是孜矻宿构、皓首摛文的普通作家，他仿佛有一种天生的能力。恰是《诗经·小雅·都人士》所形容的那样："彼都人士，狐裘黄黄，其容不改，出言成章。"《诗经》里面所推崇的是旧都镐京人物仪容之盛，由于怀念前代人的谈吐，而发明了"出言成章"的语词。至于心肝五脏皆锦绣，其思理之敏捷、修辞之丰赡、用事之典雅、声韵之铿锵，犹较《诗经》所形容得更为灿烂，而李白"抚掌大笑，扬眉当之"八字之奇倔潇洒，确实当得起！

放心说自己想说的话，才能到这个境界。所以，理解"出言成章"的关键，要之在于"其容不改"。《诗经》所描述的旧都镐京之人，为什么能说出那样美好的语言呢？他们有着上国之人的自信啊！

如何加强作文能力？这是个问题吗？如果有那么一整天——只要二十四小时就好——我不需要接触这样一个话题，至少不必听到和感受到家有升学子女的父母这种奇特的焦虑，那么，我或许会觉得生活清静而愉快一些。然而想要臻于此境好像并不容易。在我们的身边，总有人认为自己的子女多多少少有表达障碍。

"文非吾家事"的焦虑似乎还带来了不少商机。近年来不少人自觉有能力帮助孩子写作文，教材一本一本地写，CD 一套一套地录，似乎就把孩子们"带进"了"文学的殿堂"，或者是让"文学"丰富了"孩子的心灵"。这些帮助学子"加强作文能力"的人并不觉得为了通过升学考试而补习作文是一件多么不对劲的事——不是也有很多人补习数学吗？不是也有很多人补习英文吗？不是也有很多人补习音乐吗？如果没有一级一级的考试检核"把关"，还有谁愿意运用整篇整篇的文字去表达自己的思想和情感呢？

毋宁从相对的观点来说：一旦通过了考试，学子们还愿意自动自发、写命题作文的大概很少。就像数学或英文一样，一旦在生活现实里工具性的应用机会少了或是没了，人们当然不会纯粹以"加强能力"为目的而主动演算或是锻炼。

质言之：各级考试"诱导"考生学习作文所加强的，不是一种随身携带的能力，而是用后即丢的资格。人们通过了考试，却会更加打从心眼儿里瞧不起作文这件事：以为那不过一个跨越时费力，跨越后却可以"去不复顾"的门槛；一种猎取功名的、不得已而施之的手段。作文，若不是与一个人表达自我的热情相终始，那么，它在本质上根本是造作虚假的。

我服兵役的时候在士官级的军事学校担任文史教官，一连两年面对数百名大部分是高中联考门前的落败者。几乎所有的学生基于种种原因痛恨作文，其中一个在课堂上公然睡觉罢写的学生说得实在而有力："教官出的题目我没话可说。"

孩子们真的没话可说吗？还是他想说的话被作文的形式给封闭了呢？我想了几天，终于想出一招，让学生先读一篇他们自选的故事，并且用自己的语言复述一遍这故事；我只规定：在口头复述的时候不可以用"后来"、"然后"、"结果"这些方便滑溜的连接语词（用一次就扣十分）。口述完成而能够不遗漏原故事的内容，就拿满分。

没有人在第一次拿到满分，大部分的人连六十分都够不上。但是，在和惯用连接语词展开搏斗的同时，他们开始构思、开始组句、开始谋篇，不得已而拿起笔来打草稿。很快便可以文从字顺地说明一个事件，掌握一段情节，甚至提供充分而不累赘的细节。

打消我们日常口语中毫无意义的口头禅，有如清理思考的芜蔓，掌握感受的本质，这种工作不需要花钱补习、买讲义、背诵范文和修辞条例，它原本就是我们自有自成的能力。担心孩子作文写不好的父母倘若实在焦虑得很，请听我一言：找一篇有头有尾的故事，让你的孩子读熟了，再请他用我所要求的方式口述一遍。

我的老朋友胡金铨导演一向以风趣冷隽著称，他编剧本、写小说、也作杂文，总出之以干净俐落的口语，我听他说故事、讲笑话，只消一遍，就印象深刻，铭志不忘——这不是因为我有多么强大的记忆力，却是他"井口成文，挥翰雾散"的本事。口语简洁，文句清通，周转叙述的角度有如调度一个个节奏明快的短拍镜头，就能够让聆听者（读者）畅然领会。《胡金铨说笑》是为了纪念这位妙趣横溢的长者而作，行文之时，也刻意模仿了胡导演精悍的语气。

也许父母们自己应该先试一试：你能够干净俐落地说话吗？

例1
口头禅四训

一

我们台湾人普遍重视自己在他人眼中的模样，却似乎很不在意他人耳中听到了我们说的什么、或者是怎么说。人人都懂得若干塑身美白养颜健体的门道，但是一旦讲究起说话的品质，就会招致异样的、质疑的眼神：你要参加演讲比赛吗？

在我上中小学的那个时代，几乎没有人不对装腔作势的国语演讲比赛发自内心地反感，然而比赛的优胜者通常就是那些装腔作势的同学。这种反感多少也带有某些政治意识，仿佛字正腔圆者演而讲之的内容特别虚情假意，或者是趋炎附势。连带地，在生活中字正腔圆地说话的人，反而成了不受欢迎的异类。

语言的使用在于使用者对语言认识的程度与坚持的态度。中国古代讲究言谈的人也是在一定的阶级和文化圈之中。在某一些特定的历史进程里，一群又一群主导社会发展的中坚分子不约而同地讲究谈吐，使言说之趣蔚为风尚，甚至启蒙了思想。不过，一旦占居大多数的庶民都在潜意识或无意识的状态之中排斥"准确地讲话"，则言谈就无所谓优雅风趣，甚至连清楚明白都谈不上了。

现在的人也不是不爱说话，大部分说着话的人都把说话视为天生而能，便不加琢磨锻炼，也没有人会劳神分辨谈吐之高下深浅，甚至多以经常有机会公开说话者为"名嘴"，而误以为"名嘴"之"什么都能说"、"什么都敢说"就是会说话，"如何造就说话的典范"是一个已经不存在的美学问题。大众既然看多了电视，也就朗朗然跟名嘴们学会了种种口头禅。这是近年来常民社会言语品质益发低落的原因。

我对人们不自觉而经常挂在嘴边的口头禅有独到的敏感，总是会追问："你是从什么时候开始这么说话的？"我有一个朋友开口闭口就是："说句不好听的……"当他说完了整个句子之后，我忍不住问道："你这话没什么不好听的啊？还记得你是从什么时候开始这么说话的？"他乍听我这反应，愣了一下，也并不觉得他的话有什么不好听，可是当对话继续下去，他又来了："说句不好听的……"我还是一样地问："你这话没什么不好听的啊？还记得你是从什么时候开始这么说话的？"如是者三，最后他终于忍不住，脸红脖子粗了好一会儿，迸出一句："说句不好听的，你这样我很难说话呀！"

"基本上"三字也流行过很长一段时间。据我的观察，是从八

○年代的文化界开始，始作俑者是一批留洋后返台任事的学者，他们这口头禅是从"basically"翻来的，无论语意可以解做"根本地"、"本来地"、"本质地"、"实际上"、"直截了当地说"……翻成中文的口头禅则一律出之以"基本上"；也没有人会追究"那么基本以下是什么？"。我的朋友某教授在我一小时长的电台访谈节目里可以说上五十八次，所说的内容未必真的很"基本"。

到了二十一世纪，"基本上"有了分身。有的人显然不安于陈腔滥调，却改不了，只好改说"原则上"。大约就在此际，"事实上"也加入了这一"失义语汇"的行列。TVBS某主播兼政论节目主持人堪称大宗使用此语之翘楚。就其上下文来说，所言之物未必尽属事实层次，比方说这个句子："事实上谁也不能证明是谁作假。"

另一个不择时不择地不择人皆可出的口头禅是"其实"。我考之于不少语言学家、社会学家、文化人类学家，为什么无论在什么样的上下文语境里，人们总是那么喜欢说："其实……"

我当然可以把"其实"当成"呃"、"well,"甚至等同于清嗓子的一声咳嗽，不必深究其义。不过，世上没有不具备意义的语言；仔细想来，在对话中能够被说者和听者同时"充耳不闻"的语词很可能正涵藏了人们共同的、不可明言的设想。人们为什么会说"其实"呢？"其实"有个不被道出的假设，隐藏在这个语词的前面，即是"你已经知道的是不实的"，有了这一假设，才需要我来告诉你"你应该知道的"。换言之，总是说"其实"、"其实"的人潜意识已经假设：听者是无知的。

试举一例以明其本源：由于在电视谈话节目中人人争锋，最好能在他人语句之间钻缝拦截，是以具有拦截力的简短发语词最容易达阵，如"其实"、如"事实上"。按照修辞的惯例，此二、三字一出，必定表示拦截发言者一定有什么不同于前一位发言者的高明意见，殊不知拦截则拦截矣，抢话说的人经常是这么往下说的："其实——我完全同意你的意见……"

泛滥的电视言谈非但不能保障谈吐教养之提升，反而保证了修辞品质之匮乏。我还可以举一个例子——近年我的香港朋友来访，会不约而同地问我：台北人为什么不再像过去几年那样谈书、谈电影、谈艺术，甚至谈政治经济……"大家都在谈吃！"而且谈来谈去，用的都是"好吃"、"好好吃"、"好吃得不得了"以及"感觉好舒服"、"很有质感"、"口感很特别"、"感觉对了"这一些彻底缺乏感受能力的话。为什么？我的答案也很乏味，千篇一律就是电视新闻，新闻电视。

趣味的浅薄、题材的贫瘠、修辞的枯乏，都还不算什么。你还会愈来愈熟悉下面这样的语言，电视剧演员都这么说话：

"你造吗？有兽，伟直在想，神兽，伟像间酱紫，古琼气对饮缩，其实，伟直都宣你，宣你痕脚阿——做我女票吧！"

简单翻译成我少年时听过的、不算字正腔圆的普通国语，这段话应该是这样说的：

"你知道吗？有时候，我一直在想，什么时候，我会像今天这个样子，鼓起勇气对你说：其实，我一直都喜欢你，喜欢你很久了——做我的女朋友吧！"

二

有些话，无论如何，就是改不了、免不了要那样说，有人随俗，称之为口头禅；有人尚古，称之为发语词。有人说无伤大雅，忽之略之可也。有人说这些都是转接语，不拘泥于字面之义而误会就好，何须望文生事？也有人直斥为无意义的废话——既然没意义，干嘛一定要分析出内涵来呢？

它们无意义吗？还是具现了某些被吾人集体或个别隐藏起来的情感与思维面向？善于听人说话的人会注意这样的问题，让我们听得更传神。比方说："你懂我意思？""你懂我意思？"根本上就是"夹带着""我看你是听不太懂我的意思"的意思。

说的人也许未必真那么想，也未必真要那么没礼貌，但是出口如连珠，往往每三句话就夹一个"你懂我意思？"特别显著促迫。听见这样的话，我通常立刻回答"不懂"。对方也怪，经常根本不在乎我懂或不懂，只是继续说下去。所以这种"你懂我意思？"往往蕴含着"我不太确定我说了些什么，拜托你！请你说'懂'，好让我能继续说下去"的意思。

有了点儿资历的外务员、推销员、直销会员、保险公司营业员经常说这样的话。此话看似对自己所言信心满满，然而却正是深刻地缺乏信心的掩饰。正如我前文说过的：常不自觉地把"其实"挂在嘴边的人多半有几个特质：一是不相信听者会立刻同意他的看法，二是不认为听者懂得他所说的内容，三是自己对所说的话的确凿性、真实性并无实际的把握，必须用这个发语词来强调、以说服听者或者自己。甚至第四他明明是在说假话。

如果现在我们的日常生活之中，就那么两三个魔咒，我觉得常民文化真是单调得可以了！

"基本上"现在已经为许多人自觉糗蛋，而改用"大体上"、"大致上"、"原则上"，不论怎么用，"上"字是跑不掉啦——套句纪晓岚跟公公说过的话：下面就没有了。

小说家阿城极擅谈吐，也不免有口头之禅，他的惯用语亦非独有，而是很多北京人都会说的一句："完了呢——"相当于吾人的"然后"。听人说一件事儿，有时间性，前一时到后一时之间，我们似乎总用"然后"带过。我儿子年幼时的"然后"说得很浮滥，如："我想吃草莓吐司，然后呢，也可以吃蓝莓吐司。"你千万不要撑他两种吐司，他的意思是草莓或蓝莓吐司都可以的。阿城不说"然后"，他说"完了呢"，即使没有时序性的叙述也免不了。如："当年洋人那些个银子都是打墨西哥炼的，完了呢，中国的瓷器就换了墨西哥的银子。"

"说老实话"、"说句老实话"也是一绝。当年有一烟友，开口就是："说句老实话。"我登时悄悄替他算了起来，一根烟，二十一句老实话，不可谓不是老实人了。这句话的确可以有反面的指涉，意思是："我经常动些不老实的念头，但是我不会说出来；因为要在脑子里过滤过滤，所以说的时候，我把那些个不老实的玩意儿都留着不说了，单说这老实的。"

我上小学的时候，有一段时间常说"结果后来"，说得很快，听着像是"就来"。

有一天我家老爷子听不下去了，跟我说："你舅舅今天不会来。"我当然听不懂，老爷子很耐心地再问我："你镇天价说的'就米'、'男来'，又是什么意思？"

我一字一字说："很简单哪，就是'结果后来'呀！"老爷子接着问我一段话，教我至今难忘："结果是结果，后来是后来；'后来'还不算'结果'呢，有了'结果'，还有'后来'吗？"从那一天、那一刻起，我硬是"戒"掉了"结果后来"这个台词。

戒掉废话，就是把想说的什么想清楚的开始。

三

"戒掉废话"，如果说成"戒掉废话的部分"似乎也可以，至少在今天大部分常民语言环境之中，这么说并不干犯谁。

我和家人坐在餐厅的一角，赞叹着此地装潢优雅，用具精洁，侍者服饰美观大方，应该是在完整规划、训练了一大套 know how 之后才输入开发的日式料理。的确，坊市间家常的闲话不是没有道理：经营者的用心，顾客一眼就看得到。就在这一刻，耳边传来服务生的轻声细语："现在为您介绍菜单的部分喔。"

这只是"部分"的开始。"接下来为您上前菜的部分喔"、"现在为您上主菜的部分喔"、"现在为您补充酱料的部分喔"、"为您加开水的部分喔"……

我于是侧耳倾听邻桌动静，发现每一位服务生都是这么说话的——他们总在为客人作部分的服务。或者应该这么说：在每一次将要实施特定的服务项目之时，服务生都会提醒他们的客人：这是整个流程中间的某一个部分。

不，不只是这一家餐厅，还有旁的许多餐厅；也不只是餐厅，还有旁的许多服务行业，几乎所到之处，你都能听到人们告诉你：这是"某某的一部分"。任何能发声的传播媒体也是这么来的："现在让我们来了解一下国际新闻的部分……""现在为您报导听障奥运的部分……""把话题拉回到黑心鲍鱼的部分……"

　　有些人不说"的部分"，他们说"的区块"；意思却没有什么不同，听来更有修饰性，好像"区块"比起"部分"来不那么笼统，所指涉者也较为深入。是的，"block"听起来是要比"part"更具备定位的效果，比方说："目前在版面上放置的广告区块共有五家"似乎并没有什么不正确的，但是"我对煮咖啡这个区块比较熟习"就令人有喝到渣子的感觉。

　　"区块"也许拗口，所以不少人简述之为"块"。我时时刻刻会听到影音媒体访问来宾，不论言及哪一个领域、哪一个专业，都会出现这样的"一块又一块"，"在流行时尚这一块，您可以称得上是达人了……""个人理财这一块真是相当复杂的……"，甚至"说到台湾政坛地方派系这一块，真是无奇不有"。就我印象所及，只有蛋糕、披萨、牛排之属是可以块论的。至于牛排，无论是 tenderloin、Tbone、porterhouse、strip、ribeye、club、sirloin、flank 等，我会称之为"部位"，可是股市名嘴会告诉你："今天我们所看到的这个部位还不是很好，投资人应该谨慎。"

　　我不只一次地提到常民语言的暧昧、胼赘与含糊，总希望有读者在这种千把字的小文章里看到现代人说话用字的修辞惯性之中埋伏了多少"不思维"的情境。说话不经由思维，就只能人云亦云地使用惯性发语词、连接词和虚字，在我这一代人来看是不可思议的事。

但是这样说话的人却很可能自以为是很谨慎的，站在我面前的餐厅服务生继续说："先生，现在为您收回菜单的部分喔！"

"你还是全部都收回去吧。"我说。

他一脸茫然，却仍然非常有礼貌地说："为您收回菜单的部分有什么不对吗？"

不不不，是我不对，我一定有哪一个部分出了问题！

四

曾经，四位导演和我在聚会闲谈或节目访问中都提及了台湾社会的语言环境败坏的问题。作为电影导演，不能不考虑作为整体表演重要环节的语言能力该如何巩固和培养，但是每每看着绮年玉貌的明日之星，脱口而出的居然都是童子语甚至娃娃语，语言内容之浅薄贫乏固无足论，就连正确、坚定的语气都无从掌握。关于国语语境的崩溃、沦丧，陈可辛摇头表示震惊；王家卫说他只能感觉到那是一种"懒音"——从字面上说，就是"懒得发出声音"的说话；冯小刚则认为现在这种说起话来软溜溜、黏乎乎、不清不楚的调调儿连大陆年轻人都学上了，蔚为时尚流风；侯孝贤说得更明白：台湾演员根本上已经"不会说话"了。

坏语言不容易被察觉，乃是因为大家都使用这种语言。人们长期浸泡在不准确的发音环境里无甚讲究，总以为"听得懂意思就好"。一旦想到"发音字正腔圆、声调抑扬顿挫"就不免想到小学生演讲比赛，以为那是装腔作势。的确，我自己打从小学开始听人比赛演讲就浑身起鸡皮疙瘩，那显然是一种类似刑罚的处境。然而在夸饰的演说和准确的言词之间，还是有很明显的差别，只不过我们大多数的人宁可不讲究。

常民语言之败坏总可以归咎于大众传媒。我昨晚看电视新闻，当 TVBS 某女记者在一所医院里说出下面这两句话的时候，我立刻关掉了电视机：“目前还没有查出车祸受伤的老阿伯是什么人，老阿伯还处于一个无名氏的状态。”看起来没什么谬误的语言之所以会令我不安，是因为我很怕自己不知不觉受其蛊惑，堕入冗赘、支离、繁琐且逻辑错乱的文法之中，难以自拔。一如：“前第一夫人吴淑珍此刻正前往台北看守所对陈水扁总统进行一个探视的动作。”一如：“李老板终于在所谓的金融海啸之中，凭借自己所谓的毅力和所谓的发明，开创了一片所谓的自己的天空。”也不只是主播、记者满口胼词赘语，不论餐厅里做的是什么菜，吃得满脸油光接受访问的民众似乎只会这两句：“口感满顺的，对啊。汤头也超赞的，对啊。绝对物超所值，对啊——耶！”你知道他脑袋里的词汇不够用，所以最后只能用手指笔画两个“V”字对着镜头“耶”一下，表示努力助兴了。

人们总愿意在瘦身、减重、美白、化妆和服饰上尽量让自己显得美好，却很少花时间反省自己的语言是不是平顺或准确，人们一点儿也不希望、不追求自己是个能流利运用字句的人，所以在日常生活之中，总是任由自己完全接受大众媒体惯用词藻和语气的操控，随波逐流。我们在彩妆和名牌手提包似乎很强调个性，但是说起话来千篇一律，众口一声，而浑然不觉得“丧失了自我”。这不是很荒谬错乱的心态吗?

我长期观察吾人所生活的语境,在它最败坏的期间养儿育女,忽然略有所悟:原来这样的常民语言和我八岁左右的孩子也就是正在逐渐脱离儿语的年纪相当接近。换言之:大部分你我身边五十岁以下的成人平日交谈的状态,从未离开过自己八岁左右的情境。孩子们在这个阶段,依然备受呵护,不大挨得起严厉的指责,一旦吵闹过度而受到训斥的时候,还时时以嗫嚅支吾之态,表达天真烂漫之情,企图免责。

说穿了,成年的男女耍幼稚、混含糊,本质上是一种力图以"可爱"为遮掩、为修饰的伪装;当这种"扮小免责"之情普及于整个成人社会,就不要谈什么品质、品味了。我跟十足忧心这个"语言返童现象"的冯小刚说:"这叫'可爱文化',如果连对岸的成人也这么说话,一切没治!"冯小刚的脸垮了下来,他一定在担心,也许观众根本看不懂"非诚勿扰"四个字。

例 2

胡金铨说笑

天底下做戏的人都是一个样。他们看上了一个什么玩意儿——哪怕只是一张脸孔、一片景色、一段生活琐碎、一个无足为奇的故事,都会像着了魔似的受了莫大的感动,要把它写下来、演起来、拍出来。

从前有个电影导演叫张彻，很是博闻杂学，一度迷上了"杭城地藏王"、"杭河藏王帮"的题材，原本想要让他的弟子陈观泰领衔演出一部名为《杭城风云》的电影，到处请人打听"地藏王"在宗教、神话和民间传说里的各种细节。消息传出，来了个自称是"杭城藏王钵嫡传弟子"的人物，宣称此事甚秘，非单独约见导演不可，但是要一万块钱港纸"填钵儿"（化缘）才肯说。张导演答应了，和对方约在半岛酒店的一个房间里晤谈。

　　彼人生得是形容猥琐、样貌丑怪，浑身还散发着一股鱼腥泥臭，一见面就要钱。张导演立刻如数掏出——只不过是大致上相当一万港元的美金，都是百元钞，而且只有多、没有少。对方前前后后翻来覆去点了好几遍，硬说少一张百元钞，张导演拿回去再数，果然少一张，只好给补上。那"藏王"又算一遍，赫然还是少一张。张导演依样将所有的钞票抓回手里再数一遍，果然还是少了。如是者一连十二次。

　　张导演在第三次以后就知道来者耍了手法，但是他想亲眼看破对方的机关，就算被当成肉头也无所谓。一路这么数下去，总不信邪——虽然他肚子里明白：身上就只剩一百块钱了，却还是准备豁出去再数一遍，孰料那"藏王"干脆伸手道："你口袋里还有一百，掏出来就是了。"张导演依言掏了钱，交给"藏王"。"藏王"随即一抬屁股，朝房间的大面窗户大步走去，道："让你看了十三回都看不出，还当导演呢！我看你根本是个骗子！"说时人已经钻进窗玻璃里去了。

　　张导演大惊，起座开窗一看，外面是空的，临街俯首，不过是几十公尺峭壁也似的楼面，那"藏王"不见鬼影，而自己身上连一个镏子儿都不剩了。那一部《杭城风云》毕竟没拍成，直到好几年之后，张彻也才敢把这件事向几个较为亲近的朋友坦白说出，我则是在陪同胡导演赴杉林溪看景的路上听来的。

杉林溪当地有一小瀑布，岩壁陡峭，而水势不甚湍急，瀑底水帘，后面的拱形石洞可数丈深，颇似传统剧场，纯出天然；旅人可以从一旁的小径绕到水帘后方伫足，隔水看山，别有情味。可惜的是就在一片平坦的巨石当央，晾着一泡屎。我正想口吐脏字咒骂几声，却见胡导演低头看看秽物、复抬头看看风光，笑着说："拉屎的这位老兄还挺知道风雅。"

与胡导演一同工作，完全是基于这些乐子。即使肮脏不堪、即使受骗上当、即使明明虚妄不可信，都会出现一个带着无比趣味的好奇角度，而且听一遍就忘不了。

一九九七年一月中，胡导演心脏手术失败，病逝于台北荣民总医院。他生前的朋友聚在一道说起来，每个人都会想起一部他发愿而未能成就的作品。有人说他的《华工血泪》没能拍成，最属遗憾。有人说他还想拍《徐光启传》……也有人说他晚年钟情于动画片，策划《刘海戏金蟾》，光是原画手稿就有近千张，却苦于没有资金，连脚本都出不来，才是赍志以殁。

我跟胡导演合作过两个计划，一个是香港徐克的《笑傲江湖》，一个是台制鲁稚子的《将邪神剑》。前者拍不到几场戏，徐克收回去自己导了，本子作废。后者还没开拍，胡导演便因一再要求追加预算而遭到撤换，本子给接手的丁善玺改得体无完肤、不成面目，从历史宫廷剧变成了武打色情剧。可我先前领过稿费，拿人手短，没有申覆的权利。倒是胡导演给我打了个越洋电话，劈头就问我："对吴三桂有没有兴趣？"

"聊的兴趣很大，写的兴趣没有。"我说，"我不想写一个小人的故事。"我在电话里对胡导演说。

胡导演哈哈大笑起来，道："满世界都是小人；不写小人，你还能写什么呢？"他的笑，昂扬奋发，听来一点儿也没有鄙夷小人的意思，最教人怀念。

寓意

　　我的小学老师俞敏之女士曾经勉励班上的同学：要多读故事，才会说话，才好作文。她还特别强调：光是随便哪一本成语词典里的故事就会让我们终身受用不尽。我听从她的指示，亲手抄写成语，抄了满满两小册作业簿。每个四字语汇背后的故事也都反复读了，还经常把来应用于作文之中，每受褒扬，则沾沾自喜，以为作文之道，庶几在于是焉。

　　没想到上了高中，遇见另一位教国文的魏开瑜老师——魏老师同时也是一位中医师——他给我的作文把了一脉。在一篇命题作文后面，魏老师用朱笔细批："你的词汇丰富，可是为什么只会从正面说理？"这问题我没想过，心想：不从正面说理，还有什么理可说？

　　待到上大学后，对照贾谊的《过秦论》和苏洵的《六国论》才逐渐开窍：任何一段故事，都可以应用在相对的义理上；任何一条义理，也都可以容纳相异的诠释——即使是《杰克和豆树》也完全可以理解成一篇鼓励行窃杀人以致富的诲盗之作。

每一个故事，都有不同的解释面向。一般我们在文章中引用故事，多取其明显而正面浮现的意思，这是用典的惯例。由于典故长时间在历史中累积，有许多最后还化身为四字成语；一旦为成语，意思就更加固着，除非戏谑式的低贬仿讽（burlesque, parody，今人习惯称之曰 Kuso），几乎不可能改变其意义。

因此，仅仅从成语中汲取教训，往往限制了我们对于史事多方面的发掘和观察。比方说以下的例文所举的"狄青斩关"。截至目前为止，这"狄青斩关"还不是一个大众通用的成语。也幸亏不是，因为这种寓意繁复的故事是让我们进一步想象和思索的，不是供人方便套模利用的。

反面用典的深刻意义是颠覆"成语式思维"，也就是打破"故事／教训"的惯性、甚至惰性关系，这种书写恰恰不是为了因循前人的判断，而是开启我们自己的观点。

例

狄元帅不会告诉你

我在十岁那年初读《五虎平西》，读的是东方出版社的绘图注音缩节版，也就是看热闹。父亲总想让我从热闹里提取一些教训，却很少成功。

有一日他忽然问我："读到狄元帅打昆仑关的故事了没有？"老实说：我不记得当时怎么答的，我只记得他接着笑了笑、指着我手里的书，说："打昆仑关打得干净俐落，痛快淋漓，而且意思很深。"依照他一向对我这书活剥冒叛侧击的惯例来看，他的目的似乎不是在考较我记忆情节，而是提醒我那个段子别有意趣。

《五虎平西》不是什么值得一读再读的小说。我在十多年以后是因为学业的需要，非得读一读未经缩节的原版不可；却不期然想起前述的情景。可是在厚达四百页的原版书中，根本找不着有什么"狄元帅打昆仑关"的情节，便反问起父亲：记不记得《五虎平西》里狄元帅打昆仑关的事。我得到的答复更妙——父亲竟然说他一直没有闲工夫读《五虎平西》。换言之：他根本不知道书里有（或者没有）什么"狄元帅打昆仑关"的段子。

那么，我年幼时的记忆是错误的？可是，"狄元帅打昆仑关"、"干净俐落、痛快淋漓，而且意思很深"这几句话，为什么会使我有言犹在耳之感呢？

又过了二十多年，我偶然间在《续墨客挥犀》里读到一则题为《上元夜张燕》（按：上元，即今之所谓元宵；张燕，就是大开宴席的意思）的文字：

> 狄青为枢密副使，宣抚广西时，侬智高守昆仑关。青至宾州，值上元节，令大张灯烛。首夜燕将佐，次夜燕从军官，三夜燕军校。首夜乐饮彻晓。次夜二鼓时，青称疾暂起如内。久之，使人谕孙元规，令："暂主席行酒，少服药，乃出。"数使人勤劳座客，至晓，各未敢退。忽有驰者云："是夜五鼓，青已夺昆仑矣！"

这才有了点儿恍然之感：也许当年父亲问起我的那个时候所指的，就是这则笔记的内容，只不过他始终不知道此则所记的狄青故事，实则并未经说书人编入《五虎平西》而已。接下来，就剩下困扰了我三十年的那个问题："干净俐落、痛快淋漓，而且意思很深"究竟深在哪里？

对照其他有关狄青征讨侬智高的史料来看，我们知道：宋仁宗皇佑四年（西元一〇五二年），广源州（今广西与越南交界处）部落主侬智高为了摆脱交趾的控制，想归顺宋朝遭拒，索性向两广地区进兵，以迅雷不及掩耳之势攻陷邕州（今广西西宁市），而且沿邕江东下，一度甚至威胁广州。《上元夜张燕》这则笔记所载，应该就是皇佑五年（西元一〇五三年）初，狄青领兵万余人、经过几个月非常缓慢、安静的移师行动、初抵宾州的情形。一般的史料上都曾记录到狄青在宾州安营，并散播粮运不继、下令大军筹粮安顿的情节，这让侬智高方面的间谍误判：宋军一时还不会出兵。可是，《上元夜张燕》这个故事却让人想到狄青发动奇袭前的另一个顾虑：奇袭若要成功，孰为可用之人？

《上元夜张燕》告诉我们：狄青刻意宣布了分三次宴请军中将士，为的不只是欺敌，也是欺己。他既不想让敌人以为他会立刻用兵，也不想让太多人参与一次看来十分匆促的攻击行动——这里的"太多人"显然包括了首夜之宴中欢饮至天亮的"将佐"（高级将领）以及次夜正无知地守在宴席上恭候元帅回座的"从军官"（中级军官）——狄青当然也不可能孤丁一人，戴起铜面具，跨马搠战、夺关而还。他是否率领了准备在第三夜宴请的"军校"（任辅佐之职的低级军官）？笔记上没有明说，但是我却认为很有可能。换言之：前两夜的达旦之饮摆明就是要排除部队里较高层的军官——就一次奇袭行动而言，他们不是真正的战力。

这个故事可能会带来不实的教训——让人误以为一个天纵英明的领导者根本不需要一大群在科层体系中由升迁制度所拔擢、供养出来的中级干部。不过这样的误会很普遍，否则不会有人成天价不论大事小事都呼唤："总统，您在哪里？"从另一方面来看：这个故事也可以带来切实的教训——一个自认深谋远虑的领导者最常欺骗的敌人是他自己手下的高级和中级干部。这是为什么你每隔一小段时间就会从报纸上读到政府某行政首长忽然发言作成某一政策裁示、而他手下的各级官僚都表示：事前一无所知。我相信这些首长肯定没有读过这则故事，他们只是把施政当作一次又一次必须归功于个人兴之所至、偶然得之的奇袭。

借题发挥

我看过一张模仿明清文人画风格的水墨。画面上寥寥三数笔线条，一笔画出两相对斜线中间连着一水平横线，这是桥身；底下一笔半圆弧，这是桥拱；桥边一垂直线条，顶上一弯、一圈，就算是路灯了；其余了无他物。倒是在画面的右上方题了四个小字："雾失远山"。其妙，在于画面上根本没有山，也惟其在体会了山被迷雾遮掩之后，才发现途中大量的留白不是无物，而是雾；命题在雾，却又没有画雾。

举《扪虱的人》以为例文，是为了交代几种写法。首先，是借题发挥。

借题发挥，求的是歪打正着。我们对一篇文章的内容有所期待，多半来自题目字面所给予的明喻或暗示。文章读完，有所体会，先前的期待得到了满足，这是行文呼应了题目，文章本格常道如此。

但是有些文章，自有一种闲话闲说的风趣；随兴吐嘱，信手拈来。览文之际，时而会切题之意；时而却根本忘了题目，题与文或近或远，若即若离，在台静农、汪曾祺笔下，往往有这种不为著文而自成烟霞绮绣的神采。也正由于作者不为著文，文章的宗旨交错曼衍，绵延不拘，散意风流，别见活泼。寻常写作者即使心摹手追，其境界未必能到，这时，借题发挥四字便派上了用场。

作者胸中早有一段成竹，却不以之命题，反而往他处拈出字句，让读者以为用意在彼，实则所喻在此。就像《扪虱的人》，题目明明说的是古人卫生习惯不好，身上脏到养着虱子，却以名士标榜之故，不以为意；可是实际上却借由扪虱来谈"识人"——这是一表、一里两套。先让表面的故事随语流转，而内在的意涵却逐事潜伏，显示出扪虱故事相当巧合地带有一种观人知机的智慧。

其次，这篇《扪虱的人》还掌握了一个在接近结尾时笔锋转出、乱以他语的手段，让末段荡开，和先前通篇文字隐、显两般题旨都无关系，这会疏解文字稠密、主题集中的沉重感，仿佛王家卫电影《阿飞正传》末尾离开原本故事、单演梁朝伟的那一段。这种设计必须看来随意，但是透过精心组装；刻意离题，却不能决绝走死。更要紧的是：看似荡开了，那两句"大人者能与微物共生而不离不弃，是环保基础"却可能是作者本来要说的话。

有心学好作文的人可以注意第二篇例文所引的《辨奸论》原文，也用了我上文所说的手法——苏洵引孙子的话，与他全文的论旨并不直接有关，这就是一种荡开的手段。

例

扪虱的人

苏东坡的爸爸苏洵写过一篇痛骂王安石的《辨奸论》，颇不乏诛心之论，且语涉人身攻击；在今天，无论如何是会吃上诽谤官司的。这篇文章把王安石刻画得肮脏还不算，更要说他生活不检点的恶劣本质，是一种装模作样，因为：脸脏了不忘擦抹、衣服脏了不忘洗涤，这是人情之常。像王安石那样，"衣臣虏之衣，食犬彘之食，囚首丧面而谈诗书，此岂其情也哉？"苏洵称这叫"不近人情"，而且他所导出的理论是："凡事之不近人情者，鲜不为大奸慝！"而王安石的卫生习惯实在到了恶心人的地步，据说他随时可以从衣服里摸出几个虱子来。

身上养虱子的不只王安石，还有王猛（西元三二五至三七五年）。前秦苻坚称王猛为"诸葛亮"，官拜大将军兼丞相。王猛只活了五十年，却创造了不世的功业。

原先，他不过是华阴山区野居的一个年轻人，谁也看不出他有什么出息。有回穿着一身破旧的短衣，来到一所军营门口，求见大将军桓温。桓温当时正准备第一次北伐，打进了关中，驻军于灞上。可是为了保存实力，他又迟迟不肯渡过灞水，攻进长安，就这么耗着。在传统的中国军人而言，这是很正常的：一旦把敌人完全消灭，军人不就只有解甲归田一途了吗？

来访的王猛处境也很闷。当时关中士族嫌他出身低微，瞧不起他。他来见桓温，自然有更大的企图，可就在纵论天下之际，居然忘形，一面说着，一面从破旧的衣服里摸出一只又一只的虱子来，"旁若无人"一语，就是从这个场面来的。桓温有雅量、擅赏鉴，知道王猛绝非泛泛之辈，也不以为忤，反而虚心问道："我奉天子之命，率锐师十万，仗义讨逆，为百姓除残贼，可是来到这里，地方上的豪杰却没有一个人来同我会师，这是什么道理？"

王猛说："明公不远数千里，深入寇境，可是长安就在咫尺之间，大军却不肯渡灞水，连老百姓都看出你并无恢复之意，当然不来了。"这一番话正说中了桓温的心事。原来桓温北伐，主要是想在东晋朝廷树威，所谓的"养寇自重"。

这就等于是往桓温身上摸出不可见人的虱子来了，桓温"默然无以酬之"。北伐是个幌子，居然让这身上长虱子的年轻人给拆穿了。桓温只好班师还朝，做他的太平显贵。临行之际，赏赐了王猛车马，拜高官督护，请他跟自己一块儿回南方去。王猛则先回了一趟华阴山，请教他山上的老师。老师父说得好："你和桓温是彼此相当而应该各领风骚的人物，在这里，你自有富贵可期，跑那么远干嘛？"王猛于是决定留在长安，日后成为前秦苻坚的左右手，一代名相。

苻坚即位之前就相信：只有长期任用熟悉南方社会的读书人才有机会帮助他改造北方的政府和制度。有人推荐王猛，苻坚把他请了来，一见而倾心。一年之中拔擢五次，权倾满朝——也借这个"外人"之手，苻坚除去了不少老臣、功臣集团里棘手的政敌。此际王猛才三十六岁，应该是这个时候才学会洗澡的。

"扪虱"一事，在中国历史上包藏着一个"鉴识人格"的传统，则大体无疑。唐代郑綮的《开天传信记》记录宣律法师中夜扪虱，眼看就要把虱子甩弃于地，被三奘法师一声："律师扑死佛子！"（按：律师，即和尚）叫住，忽然便开悟了。今人更不该忘记，张爱玲写错字的那两句名言："生命是一袭华美的袍，却爬满了蚤子。"蚤会跳，不爬；而会在袍上爬行的，确实应该是虱子，正是生命角落里不堪的猥琐象征。

别嫌这题目脏，大人者能与微物共生而不离不弃，是环保基础。

例 2

辨奸论

苏洵

事有必至，理有固然。惟天下之静者，乃能见微而知著。月晕而风，础润而雨，人人知之。人事之推移，理势之相因，其疏阔而难知，变化而不可测者，孰与天地阴阳之事？而贤者有不知，其故何也？好恶乱其中，而利害夺其外也。

昔者山巨源见王衍曰："误天下苍生者，必此人也！"郭汾阳见卢杞曰："此人得志，吾子孙无遗类矣！"自今而言之，其理固有可见者。以吾观之，王衍之为人，容貌言语，固有以欺世而盗名者。然不忮不求，与物浮沉，使晋无惠帝，仅得中主，虽衍百千，何从而乱天下乎？卢杞之奸，固足以败国；然而不学无文，容貌不足以动人，言语不足以眩世，非德宗之鄙暗，亦何从而用之？由是言之，二公之料二子，亦容有未必然也。

今有人，口诵孔、老之言，身履夷、齐之行，收召好名之士、不得志之人，相与造作言语，私立名字，以为颜渊、孟轲复出；而阴贼险狠，与人异趣，是王衍、卢杞合而为一人也，其祸岂可胜言哉！

夫面垢不忘洗，衣垢不忘澣，此人之至情也。今也不然，衣臣房之衣，食犬彘之食，囚首丧面，而谈《诗》、《书》，此岂其情也哉？凡事之不近人情者，鲜不为大奸慝，竖刁、易牙、开方是也。以盖世之名，而济其未形之患，虽有愿治之主，好贤之相，犹将举而用之，则其为天下患，必然而无疑者，非特二子之比也。

孙子曰："善用兵者，无赫赫之功。"使斯人而不用也，则吾言为过，而斯人有不遇之叹，孰知祸之至于此哉！不然，天下将被其祸，而吾获知言之名，悲夫！

幌子议论

要把政论、时评当作文章看待，也就是赋予一点点文学上的价值，可能有些困难。其原因很单纯，一篇文章所要呈现或反省的原始材料必须完整地从本文之中猎取，然而政论、时评一类的文字往往在书写时已然假设其读者对于周遭刚刚发生过的公共事务本有充分的了解，而毋须于论理中多事铺陈，这会让读者——哪怕是原本就熟悉该评论所指涉之事件的众人——在事过境迁（乃至于多少遗忘）之后，根本无从依据。如此一来，再精辟的评论都可能由于无法唤起读者对事实的完整认知而扑空。

除非，除非——除非这些文字确乎有长久流传的价值，拈出了向所未见的观点，开拓了前人不及的视角，甚至发明了即使剥落现实仍然能够震聋启聩的论证，则或许不劳作者自己于日后补充解说，自有欣赏者或教学家会为那样的文字作注，稽古勾沉，覆按道理。此事在传统古文的流布过程中早已数见不鲜，我们耳熟能详的《文选》、《古文辞类纂》、《古文观止》里所收者，多的是这样的作品。

陈义过高，的确难以落实为文。可是，惟其先设想如何使一篇文字能穿透背景事实的牢笼，才会不受单一时空、单一社群、单一信念、单一价值取向的无形束缚，脱略而出，尽管未必能与流传了多少年的古人佳篇并肩，也不一定够得上辩理精妙、洞机详瞻的标准；但是起码不至于人云亦云。作文的基本要求，其实也就是不要人云亦云而已。道理无他：从众，不必有文。

以下所举之例，本来有感于媒体全面之崩坏而发。可是继之一想：尽着骂媒体不争气，不也是人云亦云吗？何不把这份牢骚转成一篇在修辞角度上别有趣味的文章呢？于是，在本文的倒数第二段，我刻意运用了像念经一般反复、重叠的句法，其间再稍加变化，主体就是要借由这种催眠式的语句达成两种相对的讽喻效果。其一，当然还是针对媒体一般性的表现而频频数落，其二则是令读者产生一种冗赘、繁复的阅读疲劳，因之而不免后设地发现：无论如何数落媒体的行径，也不会有多少效果。

我敢说：这篇文章不会过时。不是因为我写得多么好，而是因为我们眼前接触到的大众传媒永远不会进步，永远会是那个样子。

例

全称词的陷阱

小时候我骂我爸爸："爸爸最坏。"我爸爸抬头往屋外一张望，说："满街都是爸爸，你说哪个最坏？"我不敢吭气了。倒不是怕挨眼前的这个修理，而是我真不知道哪个最坏——这就说到"白马非马"了。

"白马"是更大一个品类范围的物（马）中的一种，为什么它又"不是"马呢？

媒体是一个像"马"一样的词儿。名学家既然指出了"白马不是马"，基于同样的逻辑，黑马一样不是马。接下来关于马的形容词都可以套在媒体身上：病马、肥马、懒马、疯马、御马、野马、害群之马……每个形容词在某一个别情境之中可能都对特定的马作了形容或者状述。这些给套上形容词的马大可以说：上述诸般形容词形容的是马；不是我，我是个别的一匹，不是那个全称的马。尤其是被骂的马，每一匹都可以否认各种指控。

所以当某个政客大骂媒体、且信誓旦旦地要对媒体"敬而远之"之际，没有任何一个媒体会把他的话当真，这并不是说那政客再也不会炒新闻了、也不是说媒体再也不会挖那政客的新闻了，而是那政客和媒体都心知肚明：那个"可恶的媒体"根本不存在。

怎么会不存在呢？因为一个全称词把它给消化于无形了。全称词"媒体"既不指向任何一个个别的媒体，任何一个个别的媒体也可以经由全称词而将自己存在的那一部分抹去。这使得媒体口中的媒体成为"他者"。媒体一旦指出其他媒体所犯的错误时，往往会这样说："有媒体"、"部分媒体"、"某些媒体"、"少数媒体"。好了，又是一堆模糊的词。这种模糊的词使个别媒体本身居于旁观的地位——让媒体的受众备觉亲切——因为受众就是要旁观的，旁观使受众在价值和事实上都感到安全。旁观不会涉险犯错。

然而媒体犯不犯错呢？

媒体有时连事实都弄错了。媒体有时暗藏着或明显暴露着种种立场。媒体有时附庸当权者。媒体有时为了显示客观公正却反而偏倚于单一的社会正义价值。媒体有时不节制自己的第四权反而任令媒体人之间形成"媒媒相护"的论述场域。媒体有时不认错。媒体有时为了赚钱而牺牲所有传播学所揄扬的专业伦理。媒体有时很难看、很难听、很难读。媒体有时懒得发现问题或懒得深入追索议题，只会抄、跟、追、挖别的媒体已经发现的、其实不值得进入的表象细节。媒体有时媚俗且原因不明——也许为了讨好广告商、也许为了讨好企业主、也许为了讨好消费者、也许为了讨好主流价值、也许为了讨好另类价值、也许为了讨好学界、也许为了讨好次文化主体群……媒体有时忘记讨好支持这媒体的受众而突然伸张了对立于忠实受众的价值观。媒体有时罹患严重的失忆症。媒体有时太想制造主流价值的复制品。媒体有时太想制造非主流价值的复制品。媒体有时太想比非媒体或其他形式的媒体或同形式的其他媒体先对社会做出反应。媒体有时炮制不重要的新闻以成就独家消息。最重要的是：媒体有时根本不反省这些。为什么不？因为这个该反省的媒体又不是我；而是"有的"、"部分"、"某些"、"少数"的他者。

名学家早在公元前三世纪就提醒过我们：一个全称的词其实具有妨害认知的危险性。它消解了这个词的每一个可以被辨认的细节知识，好让我们自以为在使用这个词的时候掌握了它的全盘意义。所以，一旦出现了批评，媒体不会被骂到，当然，政客也不会被骂到、官僚也不会被骂到、学者也不会被骂到……批评但凡是指向全称词，大抵是骂给自己爽的。相对地说：只要是针对全称词所做的抨击，哪怕遣词用语再激烈，都是幌子。

吹毛求字

"吹毛求疵"语出《韩非子·大体》，说的是把毛发吹开，寻找皮肤上不起眼的疤痕。此语寓意明显：挑刺儿、找麻烦。写文章必须具备这样的精神。一个字的计较，常关乎一篇文章的气韵。更有些时候，关于一个字的斟酌、考较、穷究与研商也可以看出为文之心。

在我的读书笔记里，有很多不成文章的小段子，多是随手撷拾。时日既久，根本忘了出处，其中有几条是跟改文章有关的，统其绪而抄录下来，虽然感觉微酸，似也有正襟危坐以面对文字的庄重。

先说一个人，叫苏伯衡，字平仲，金华人。生年不详，元代至正二十年（西元一三六一年）前后在世。明太祖辟礼贤馆，亦为当局所延致，曾擢翰林编修。他的同乡宋濂辞官退休的时候，曾经荐以自代；称他"文词蔚赡有法，殆非虚美"。苏伯衡一生数度称病辞官，闹得明太祖十分介意，最后还是找了个上表用字舛误的过失，把他给杀了。偏偏这个人是讲究作文的，其罪与死，恐怕还有深刻的用意——求仁得仁乎？亦未可知也。

回头说我的读书小笔记，苏伯衡只占其中一条，但是它影响我的写作十分深重。先抄在这里：

> 答尉迟楚问"文章宜简宜繁？"曰："不在繁，不在简，状情写物在辞达，辞达则一二言而非不足，辞未达则千百言而非有余。"

和苏伯衡这些话抄在一起的，是刘知几《史通·叙事》论《汉书·张苍传》的一段话。《汉书》此篇有几个字："年老，口中无齿。"刘知几就以为"年"、"口中"三字为"烦字"，是可以删去而无碍的。刘氏的立论是："言虽简略，理皆要害，故能疏而不遗，俭而无阙。"

抄在刘知几隔壁的，是以横挑鼻子竖挑眼著称的王若虚。王若虚《滹南遗老集》中，讲究精简文字的议论也不少，而且专拿大经典《史记》开刀。司马迁在《史记·范雎蔡泽列传》有这么一段文字：

> 须贾谓范雎曰："非大车驷马，吾固不出。"范雎曰："愿为君借大车驷马于主人翁。"范雎归，取大车驷马。

王若虚这一刀砍得很深广，剔筋刌肉带去骨，中间一大段全不要了，他以为"范雎曰"以下，司马迁的后半段应该写成："愿为君借于主人翁，即归取车马。"显得干净清爽。

不过，我却不能同意王若虚的意见。司马迁显然是刻意要三次赘用"大军驷马"，第一次用"非"带头，第二次用"借"、第三次用"取"，强调须贾求索意志之强，也强调范雎践履一诺之切。

看起来比较有道理的删削，是《史记》的《周本纪》、《齐世家》中称武王观兵的一节："诸侯不期而会盟津者八百诸侯，诸侯皆曰：'纣可伐矣！'"王若虚删去后面的两"诸侯"。此外，《史记·李斯列传》里也出现了的确像是衍字的一段叙述："李斯出狱，与其中子（即他的第二个儿子）具执，顾谓其中子曰……"王若虚以为第二处"其中子"可以省略。就简炼、明快、不冗赘的要求而言，司马迁不能不承认原文小疵。

也有实在不知道该同意还是不该同意的改动。

《史记·李将军列传》：

> 广出猎，见草中石，以为虎而射之，中石没镞，视之，石也，因复更射之，终不能复入石矣。

王若虚认为这段叙述多了两个"石"字，应该改成："尝见草中石，以为虎而射之，没镞，既知其石，因复更射，终不能入。"这一改动有没有道理？见仁见智。就像《史记·陈涉世家》中准备造反的陈涉的话："今亡亦死，举大计亦死，等死，死国可乎？"若不重复冗赘，那"死"字看来会不够沉重。

《史记·司马相如列传》：

相如既病免，家居茂陵。天子曰："司马相如病甚，可往从悉取其书；若不然，后失之矣。"使所忠往，而相如已死，家无书。问其妻，对曰："长卿固未尝有书也。时时著书，人又取去，即空居。长卿未死时，为一卷书，曰：有使者来求书，奏之。无他书。"其遗札书言封禅事，奏所忠。忠奏其书，天子异之。其书曰……

　　这一段原本写得委婉缠绵，后来被改得明快简约，我却总觉得缺少一点回荡之气。

　　王若虚是这么改的："相如已死，其妻曰：'长卿固未尝有书，时有所著，人又取去。且死，独遗一卷，曰：有使者来，即奏之。'其书乃言封禅事，既奏，天子异焉。其辞曰……"

　　当我们玩味这些文字的时候，必然会有自己的感觉和意见，有的人喜欢简练，有的人喜欢丰饶。徘徊二端之间，一般比较容易体会排比整齐、对仗凝重的句子，比较不容易滋味出清简疏淡、化骈入散的功夫。然而，文章就是一回生、二回熟，哪怕是觉来带些古涩轻酸的文言文，多体会两遍，不过是几眨眼的工夫，揣摩出用意与驾驭之道，文章就不只是流利，还显得铿锵琳琅。

例 1

一枚真字动江湖

西元一九二七到一九三七年间，曹纕蘅主编《国闻周报·采风录》，前后五百期，有推激骚雅、恢阔宗风的成就。曹纕蘅，四川绵竹人，在同光、光宣一脉相承的宋诗格调当令了半世纪之后，他能够排除门户之见、扞格之说；以温柔敦厚、兼容并包的胸怀，让取材、取径、取法、取义不同的诗，都能在这个园地上绽现姿彩。而曹纕蘅自己的诗也兼得唐、宋两朝气格，呈现一种大方无隅的圆融神理。

曹纕蘅年寿不永，五十四岁上便辞世了，留下了一千多首诗，以及无数曾经在《采风录》上分润中国旧文坛最后一掬膏露的读者和作者的怀念。他主要的诗作收录在《借槐庐诗集》里，这个集子之所以能够付梓传世，还历经辗转拖磨。先是由曹纕蘅的入室弟子曾学孔一笔一划，以钢笔抄录在劣质的纸上，字小如粟。曾学孔于"文革"中"挫折以殁"，手抄本之借槐庐诗尚未成编，居然堪称海内孤本，是曾学孔的友人许伯建颇有眼力，将之赠送给声名斐然的前辈女诗人黄稚荃。

黄稚荃是民国女词人吕碧城的弟子，于曹纕蘅也算是晚一辈人，原本并无深刻的交往，可是她却小心庋藏起这一部手抄稿，留待多年之后，交付曹氏后人，黄稚荃在一九九二年为此集做序，隔年便以八五高龄仙逝了。这本《借槐庐诗集》终于在一九九七年问世。

论世知人，论诗亦可知人。我将曹纕蘅的这个集子，反复读过几遍，发现此老爱用"真"字提神，其意颇见幽微。什么是"用真字提神"呢？粗略地说："真"字之义，不外本原天性、实在不假、正直清楚数端，尽管旁及道教仙人、容貌画像、甚至汉字书体等等，皆可于日常体会，并非罕僻。不过，用之于诗，则别有一种刻意作惊诧状、居然如此、不忍置信的情态。比方说《柬范老》："掌故待从前辈问，鬓霜真遭远人知"；如《寄怀海上》："真成浩劫哀猿鹤，孰向遗编辨鲁鱼"；再如《庚午春游杂诗十五首之十四》："莺花微惜匆匆别，葵麦真成岁岁新"；或如《秋草再和味云四首之一》："黏天曾作无边碧，匝地真成一片黄"；还有《沽上喜晤醇士，即送南归》："扬尘真见海桑枯，喜子朱颜了不殊"之类，以及《鲁南大捷》："问天终信哀军胜，背水真从死地生"；《默君来渝枉谈，赋柬》："君话双枞似隔生，泪河真欲为君倾"……可以说是多得不胜枚举。

在诗句中夸张其情，本来是熟手惯技。不过能仅以一个"真"字用在各种经过"讶异感"而催化鲜明的境遇之中，诗史上大概没有第二人。这让我不禁想起《庄子·养生主》里面那个十九年没换一把刀的庖丁，真觉其游刃有余！所谓诗法，有从大处谋方略者，有从细处得窾窍者，尤其是善用一二普通用语，却灵活周转，从容不疲，曹纕蘅的这个"真"，应该可以用"四两拨千斤"名之。

《石遗室诗话》堪称巨著，作者陈石遗曾经在苏州胭脂桥畔购屋僦居，为晚清词家朱强村写过一首《避兵上海答古微》，曹纕蘅隐括其意，也写了一首《石遗买宅吴门胭脂桥畔，赋贺兼柬松岑》，起句所用的一个"真"字最为传神，明明说的是逃避战乱，却被这

个带有强调意味的字敷衍成有些可疑、有些犹豫、有些不知道该向谁发出"大问"的讽喻，兹录其原作全文，

> 浮家真为避兵来，笑口因君得暂开。花竹料量宜晚计，江山弹压要诗才。讨春好买横塘棹，冲雪新探邓尉梅。子美方回先例在，遥飞一盏贺苏台。

整首诗自然是庆贺酬酢之属，洋溢着一种轻松、愉悦、即目赏心的和畅之感，通篇读过之后，回头在独独品味那个"真"字，你不能不喟叹：藏在如梦似幻的好景佳会之下的，是令人不堪相信又不敢不相信的兵灾，它看似在远方，诗人和读诗的人已经躲过了，然而——真的躲过了吗？真的吗？

例 2
百无聊赖之事

除非百无聊赖，不可能将网友的随口一问拿来当学问作；也除非百无聊赖，不会从头到尾读一遍《论语》。但是百无聊赖有个好处：在不可疑处生出疑惑来，一旦求解，就读了书。

曾有位网友来我博客说他看李敖的节目，讲到《论语》里的一段话："加我数年，五十以学易，可以无大过矣。"李敖举证历历说这里的"易"应该通"亦"，重新标点后应该为："加我数年，五、

十，以学，亦可以无大过矣。"（再给我几年寿命，或者五年、或者十年，来学习，也就没有什么大的过错了。）

这位网友的结论是："老实讲，我被说服了，但是这种说法始终与我初高中的学法不同，我去问了几位初高中的国文老师，全都一致说课本是对的。"

他想听听我的解释。

李敖的原说何所据？我欠学。仅就那翻案之说来看，大约李敖是指出"易"为"亦"的同义字。

在古籍上，的确有这样通用的地方，《列子·黄帝》："常胜之道曰柔，常不胜之道曰强；二者亦知，而人未之知。"此处的"亦"，张湛的注是这么说的："亦，易也。"换言之，亦通"易"。

此外，《素问·气厥论》："大肠移热于胃，善食而瘦，又谓之食亦。"在此处，王冰的注是这样说的："食亦者，谓食入移易而过，不生肌肤也。亦，易也。"

写"亦"而表达的却是"易"若成立，那么写"易"能不能也表达了"亦"呢？也有这例子，同样是在《素问·骨空论》："扁骨有渗理凑，无髓孔，易髓无空。"王冰的注说："易，亦也。骨有孔，则髓有孔；骨若无恐，髓亦无孔也。"

这样的方法可以说明：在《列子》、《素问》成书的时代，此二字有通假的情况。《列子》这本书极可疑，历来学者多认为这是晋代道家之士拼凑成章之作；而《素问》成书也在战国以后。

回头再看：在孔子及孔子以前的时代，似未见任何书中有此一通假的例子。这是学者判断的依据之一。一般说来，在儒家经典上立新说颇不易，一个常见的方法是：比较《论语》内部有没有同样的"亦"、"易"通假的用法。我将《论语》全书查考了一遍，除了"不亦"、"抑亦"这一类的连用语不论之外，发现"亦"作为介词和连词的用法都有，像是"君子博学于文，约之以礼，亦可以弗畔矣夫""富而可求也，虽执鞭之士，吾亦为之""君子亦有穷乎？"这一类的例子共有十七个；而"邦君树塞门，管氏亦树塞门""左丘明耻之，丘亦耻之""知者不失人，亦不失言"这一类的例子则有十一个。不过，"亦"、"易"通假之例，则一个都没有。

另外，就文义判断："加我数年，五十以学易，可以无大过矣。"可以和孔子的"五十而知天命"相对应，其义自显。如果断读成："加我数年，五、十，以学，亦可以无大过矣。"在语感上，那孤悬的"五、十"两个数字很突兀，而"十"已经是整数，很难说是"几年"的范围，与《论语》其他的内容相勘，也没有以将孤立的两个数字断读而成义的例子。

然而，经典例有"歧读异解"之趣，何妨李敖有他一说？既然李敖可以有他的一说，我干嘛分辩这一场？道理亦很简单，百无聊赖读《论语》。

改文章

文章无定法，所以除了"会心人自得之"之外，实难授受。清人唐彪的《读书作文谱》引了明代的程楷之言，以为："修辞无他巧，唯要知换字之法，琐碎字宜以冠冕字换之，庸俗字宜以文雅字换之。"这已经说得够简要了，但是道理却不够硬。

像世传宋太祖的诗，有这样的句子："欲出未出光辣挞，千山万山如火发。须臾走向天上来，逐却残星赶却月。"虽然不避俚语俗字，可是读来格局宏大，气象万千。当他的词臣建议把原句修改为"未离海峤千山黑，才到天心万国明"，看来修辞工整，音律协调，可是文气悖弱，远不如原作辞志慷慨。

《旧唐书·狄仁杰传》有这么一小段："则天尝问仁杰曰：'朕要一好汉任使，有乎？'"到了《资治通鉴》里，话就改成了："则天尝问仁杰曰：'朕要一佳士任使，有乎？'"到了《新唐书》"佳士"又变成了"奇士"，接着，在《唐史论断》里，却又改成了"好人"。每经一手，那更动字句的人一定有他个人的品味和顾虑，可是无论怎么看，还都是原先那"好汉"两字能传武则天之神。

白居易诗"芙蓉如面柳如眉"，李后主词"离恨恰如春草，渐行渐远还生"，苏东坡《望湖亭》"黑云堆墨未遮山，白雨跳珠乱入船"这一类传诵千古的名句看来都是眼前即景，其浑然天成，似乎没有经过雕琢剪裁，后人想要在原意原境上作点拨，却分毫撼动不了。

也有借着改动他人文字，趁机窃占，却画虎不成反类犬的。记不得是在哪一本笔记里读到一联原作如此："满眼是花花不见，一层明月一层霜。"这是很生动、也很自然的衬托比拟之法，经人改成"满眼见山山不见，一层红树一层云"简直就不知所云了。

我们早就熟悉王荆公数度圈改更易，才得出"春风又绿江南岸"的"绿"字，这样的修改过程之得以流传，还是由于三改五改之后，果然修成正果。据说孟浩然那一首家喻户晓的《过故人庄》却是在诗人身故数百年之后遭逢改动，可以说是一连串的惨祸。原文如此：

故人具鸡黍，邀我至田家。

绿树村边合，青山郭外斜。

开轩面敞圃，把酒话桑麻。

待到重阳日，还来就菊花。

明刻本脱去"就"字，有人给改了"醉"字、也有人给改了"泛"字、还有改成"赏"字的、改成"对"字的。所幸日后得一得善本证之，原来还是"就"字，偏也就是这一个"就"字的当得很，改不得。

江为原有两句诗："竹影横斜水清浅，桂香浮动月黄昏"，这是泛写水边竹桂夜景的一联，只能说属对工稳、咏物寻常罢了，经林逋之手改了两个字：以"疏"字代"竹"字，用"暗"字代"桂"字，境界全出，单以之咏梅，成为绝唱，自后千载没有可以与之相提并论的梅花词。这样的窃占，原作者即使有知而有憾，也不好意思承认的。

我对写文章用字打通过一窍，是高中时由家父给开的。他见我正在背一篇课文——欧阳修《泷冈阡表》；便说："这文章里原先有一句'回顾乳者抱汝而立于旁'，但是等到定稿的时候，'抱'字已经改成'剑'字了。'剑'者，挟之于旁也。看，改得多响？""响"，就是那一刻学会的。而所谓修改，有时候不是订正什么错误，而是为了这种极其细微之处的讲究。《酱肘子》数易其稿，缘故在此。

《酱肘子》原文主旨是做菜，材料、工序而已；在写文章的人说来，都不容易引起趣味，所以得压缩文字。然而单写食谱，枯瘦乏味，又必须饰之以故事、人情，这便要短话长说。这就要调度叙述的顺序。原先的版本直写黄师傅和我在厨房里的争辩，带出北京"天福号"的古方。这样写，两套作法反而显得重复，读来容易混淆。

到了第二个版本，我先写黄良其人对于美食家的观感，以及我们俩在酒桌边的许多议论。这就走岔了路，成为另一篇文章，读来竟是我自己对美食书写的风潮抒感慨、发牢骚了。回头想想：行文之初衷，不就是一道菜吗？不就是酱肘子吗？

第三个版本，是三篇之中最短的。关键所在，无关长短，而在节奏。我删节了每一个面向的内容，使原先逼近三千字的长文只剩下一千两百字，与黄师傅论厨艺的内容尽管快刀芟削，不留一字。长话短说的要旨便在于此：删除一半文字，调度语句顺序，回头看看，就像理发，清爽了。

例

酱肘子

　　酱肘子是北京有名的熟食。要言之：用肉满臕肥的猪肘子，洗刷干净后，与花椒、桂皮、盐、姜、糖、酒等佐料一起下锅大火煮。一小时后取出用凉水冲，浮油尽去。原汤过箩两次，再把肘子回锅，倾入原汤，加上香料，大火先煮四个小时，再以微火焖一个小时。特点是皮肉锃亮，熟烂香醇。

　　据说北京西单牌楼"天福号"海内独步，起于乾隆三年（西元一七三八年），山东寓京庖人刘德山无意间的发明。说是刘德山让儿子守汤锅，看烧熟肉，没想到这孩子打瞌睡，一觉醒来，锅里的肉已经塌烂，只剩下一点浓稠的汤汁。起锅之后，肉软烂如泥，只好晾凉了，勉强置卖。不料有个刑部司官的家人买回去之后，主翁吃了大感满意。第二天，又派家人特地到天福号来买这种酱肘子。刘德山因之而改变了原先熟肉铺的制程，专烧酱肘子，迄今近二百八十年。

话分另一头说。我的朋友黄良在台北新店开了一家面馆，主食是韩式面点，兼卖泡菜、卤味和他夫妻两家拿手配方的东北酸白菜火锅。店面不大，却能够在大台北都会区驰名十年。黄良于庖艺最不喜"美食家"者言，总觉得这些年许多打着美食记者、美食专栏作家、美食部落格主旗号的吃客，大多数都是脑懒嘴馋的流氓；仗着一枝刀笔，据案大嚼之余，还带着些揎拳撸袖的架子，显露着些许"赵孟之所贵，赵孟能贱之"的派头。是以他老人家很少跟人谈饮馔、谈烹调、谈赏味。一旦说起来，必定是实战技术导向，绝不徒托空言。

他听我说起天福号的传闻，立刻摇头摆手，全然不肯相信守炉锅打瞌睡这故事的真实性。试想：近三百年前的灶炉是何等物？烧熟肉自然要不时加以搅拌，守炉的果真睡到汤锅收汁，底下的肘子皮非烧焦不可。

黄良自己研制的酱肘子是以葱、姜、八角为主要的佐料，辅以花椒、桂皮、白芷、小茴香、丁香、山耐和陈皮，程序上与世传天福号的作法也小有不同，黄良的酱肘子在下锅卤煮一小时左右，试以箸穿之，大约半熟，即可关火待凉，让肘子在汤汁里浸泡一整天。之后再重新以小火炖煮一个小时，此时再以箸试之，能够轻易洞穿，就算熟透了。接下来便是定型——从前用细麻绳捆扎缚裹，颇费工夫；如今代之以保鲜膜，便捷省事得多，但是为求真空往往要包裹十六层、二十层，耗材亦颇可观。

酒之清者为圣，浊者为贤。酱肘子下酒，可谓贤圣两宜，我跟黄良一起喝过不少酒了，没有酱肘子，总不惬意；有了酱肘子，就会多喝不知际涯。前几年一喝多，我就抄起大笔、饱蘸浓墨，往他墙上写字，害他经常得重新髹漆。我猜他后来窥出这里头的机关了，酱肘子随即减产，之后我果然喝得少；因之常保清醒，粉墙便清爽许多。有一阵，面对面的酱肘子仅于每周四开卤，周末供应，我想这一定是冲着我周末不出门而来的。

　　某岁入冬甚晚，乍寒难禁，总在找烈酒喝。然而有酒无肴，殊少意趣，想用一幅字换黄良一个酱肘子，问他该写什么，他说："写一幅'本店绝不打骂客人'好了。"这是严重警告我不得再借酒书壁的意思。我还真为他写了一轴，他也着实张挂了一阵，人来看着笑，算是小小的噱头。过不两春秋，借着收拾店面的机会，他又给摘了去。可是拿字换酱肘子这事他记住了，往后再入冬，遇到寒流南下，他会冷着脸，主动说："给你准备了肘子——但是千万别再拿字来换了。"

转典借喻

某些西餐厅会把特定的汤品盛在咖啡杯里，我就有过这样奇妙的经验：第一口汤入喉，忽然会错觉有肉桂的味道。是容器的缘故，使我在不意间暂时移植了关于维也纳咖啡的味觉记忆吗？

庄子发明了很多语词，意味着他的许多想法实在发人之所未发，没有现成的话能够对应、表述，只好创造一些。在这些语词里，有一个词叫"卮言"。"卮"是古代盛酒的器皿，空着和装满的时候倾斜的样态不同，"卮言"便用来比喻意义变化不定的语言。《庄子》的《寓言》、《天下》篇里都提及"卮言"，意思是说：言谈（的意义）就像放在杯子里的水酒一样，随容器而改变形状，没有定论。

放在写文章这件事上来看，"卮言"的观念很值得玩味。我们从小学作文，不但使用的成语、典故在字句上不能有出入，连寓意也不可偏移扭曲，否则就会被老师斥责，谓为"砌词曲解"或"引喻失义"。不过，写文章自有转典借喻之法，把寻常语词、或者耳熟能详的故事作刻意的扭曲转换，就像是在盛咖啡的杯子里倒入巧达浓汤，肉桂粉的错觉却丰富了汤叶。

历经长远流通、广泛应用，语言的确会积淀出厚重而固着的意义，以下例文中的"应声虫"就是很鲜明的例子。我们说"应声虫"，就是说人胸无定见、只会随声附和，然而这一层意思应该和原语词的故事缘由无关；而那缘由，又令人不免产生怜悯之情。此外，"寄生"这个词，原本有它生物学上的命意，指某种生物生于宿主的体内，并从宿主身上摄取养分，来维生繁殖的现象。中国古代的文学家用上这个词，不免多有怅惘卑微的情感。民初以降，"寄生虫"一词更衍生出谴责的意思，对那些不事生产、无所用于社会的人，贬抑殊甚。应声虫和寄生虫了无关系，却十分巧合地都与乞丐一词略有渊源，这时，庄子所谓的"卮言"带来了启发——让我们试着把"应声"、"寄生"这两个难堪的词稍事翻转，从碗里倒杯里的，把曲解当作正解。

第二篇例文《匾》，出自鲁迅之手。这篇文章短小精悍，只有三百多字，借由一篇流传于明代的笑谈，转来嘲谑民初艺文界狼吞虎咽引进西方各种主义学说、强作解人的怪现状。文中笑谈，还有两个版本，最早的版本出自冯梦龙编纂的《笑府》，题为《近视》：

> 兄弟三人皆近视，同拜一客。登其堂，上悬"遗清堂"匾。
> 伯曰："主人病怯耶？不然，何为写遗精堂也？"仲曰："不然。
> 主人好道，故写道清堂耳。"二人争论不已，以季弟少年目力
> 使辨之。季弟张目曰："汝二人皆妄，上面那得有匾？"

到了清代，崔述《考信录提要》上卷有异曲同工的《不考虚实而论得失》一则，把《笑府》的故事转换成两个近视、一个明眼人，才有了鲁迅那篇短文的张本：

> 有二人皆患近视，而各矜其目力不相下。适村中富人将以明日悬匾于门，乃约于次日同至其门，读匾上字以验之。然皆自恐弗见，甲先于暮夜使人刺得其字，乙并刺得其旁小字。暨至门，甲先以手指门上曰："大字某某。"乙亦用手指门上曰："小字某某。"甲不信乙之能见小字也，延主人出，指而问之曰："所言字误否？"主人曰："误则不误，但匾尚未悬，门上虚无物，不知两君所指者何也？"

转典借喻，如苍鹰搏兔，下笔并不在穷究义理是否贴切，而在语词情境的兴会圆洽，趣味要高明得多。也许汤里真没有搁肉桂粉，味得有，就有了。

例 1

应声与寄生

小说家黄春明曾经为他一九七四年出版的短篇小说集《锣》画过一张油彩封面，图中是一只畸形的手，五彩斑斓，乍看不知所以。小说家亲自在序里作了解释，原来那手的主人是个小乞丐，朝夕在市场里摇晃、挥舞着畸形残疾的手，博取同情，索讨小钱。根据也当过多年广告人的黄春明描述：是镇上一个喝醉了酒的油漆工替小乞丐涂上的油彩，而这样的恶作剧毕竟收到了动耳目、广招徕的效果。

我直到大学毕业还相信这篇序文的真实性，以为世上真有一个以这些短篇小说为镜相的小镇，有那样一个菜市场，有那样一个油漆匠，有那样一只涂了彩漆的、畸形的手；作品里过度的荒谬居然让人以为非真实存在不可。

夸张的叙述难道真是为了让人怀疑其"不可能被如此虚构"，反而宁可尽信其为实录吗？

唐代刘𬸦的《隋唐嘉话》、张鷟的《朝野佥载》，宋代范正敏的《遁斋闲览》、庞元英的《文昌杂录》、彭乘的《续墨客挥犀》等等笔记之作，容或行文繁简有别，但是都记载了一则大致雷同的故事。笔记作者多声称：他有一个叫刘伯时的朋友，曾经亲眼见过一位淮西地方的读书人，名叫杨勔。根据杨勔自己的说法，人过中年，忽然罹患一种怪病，每当发言应答，肚子里就会发出仿效那言答的声音，而且那样随声以应的话语愈来愈清晰、愈来愈响亮，令杨勔困扰极了。

数年之后，被一道士撞见了，大惊失色，道："此应声虫也，久不治，延及妻子，宜读本草，遇虫所不应者，当取服之。"杨勔不敢迟疑，立刻取了《本草》来，逐条逐目读下去，肚子里的应声虫也随之朗诵，一直读到了"雷丸"，那虫忽然寂寂不作一声，得！于是杨勔每顿饭就吃几粒雷丸，病也就好了。

雷丸又被称为雷矢、雷实、竹矢、白雷丸、木莲子等。此药性寒，味苦，有微毒。是一种多孔菌的地下菌核，在中国民间医学的应用上，已经有千年之久，一向是用来杀死体内像蛔虫、绦虫、蛲虫之类的寄生虫。据云：胃虚寒者戒用。一个近代医学上的解释是：雷丸含某种蛋白酶，在肠道弱碱性的环境中，具有积极分解蛋白质的作用，能破坏绦虫的头节。然而，"寄生虫"和"蛔虫"在中文隐喻性的语意里大不同，"寄生虫"打从民国以来就是贬斥游手好闲、不事生产的流氓棍痞；而"蛔虫"却可能是一个人最亲昵而相知者的谑称。看来雷丸所殄，似乎不堪扫荡前者，亦不忍驱离后者。

倒是在《续墨客挥犀》中，作者彭乘还补述了一段，说他一开始的时候并不相信世间有这等怪事，其后到长汀，遇见一个丐者，肚子里也有应声虫，这丐者就站在市集上，随口说话，任令腹中的虫儿应腔，环而观者甚众。彭乘于是上前对那丐者说："你这毛病，有一味'雷丸'可以治得来。"不料丐者连忙给作了一个大揖，说："某贫无他技，所以求衣食者，唯借此耳！"

黄春明笔下的小乞丐只出现在那篇序文里，这孩子没有属于"小镇"的故事。我一直纳闷：拥有一只如此色泽鲜明的畸形的手，为什么不能像打锣的憨钦仔、全家生癣的江阿发、跟老木匠当学徒的阿仓、妓女梅子、广告的坤树，以及把自己溺死在泳池里抗议的老猫阿盛那般，呈现他作为一个社会的畸零人的完整的悲剧呢？

我只能这么想：在没有情节支撑——或渲染——的状态下，一只摇晃着红、绿、白、蓝、黄，又黄、蓝、白、绿、红往复不停的小手，已经道尽了那个边缘社会的一切，就像我们不需要知道长汀地方的丐者让围观如堵的群众听见他肚子里的应声虫说了些什么一样。文学作品所唤起的同情经常有着大尺幅的留白，并没有我们基于庸俗好奇所欲探知的究竟。

恐怕也正是因为那样的留白，缺乏看似应该铺陈出来让人们信以为真的生活细节，我才会在高中时代读了《锣》以后，直到大学毕业还不觉得那个十岁左右的小乞丐已经长大了。

例2

匾

鲁迅

中国文艺界上可怕的现象，是在尽先输入名词，而并不绍介这名词的含意。

于是各各以意为之。看见作品上多讲自己，便称之为表现主义；多讲别人，是写实主义；见女郎小腿肚作诗，是浪漫主义；见女郎小腿肚不准作诗，是古典主义；天上掉下一颗头，头上站着一头牛，爱呀，海中央的青霹雳呀……是未来主义……等等。

还要由此生出议论来。这个主义好，那个主义坏……等等。

乡间一向有一个笑谈：两位近视眼要比眼力，无可质证，便约定到关帝庙去看这一天新挂的匾额。他们都先从漆匠探得字句。但因为探来的详略不同，只知道大字的那一个便不服，争执起来了，说看见小字的人是说谎的。又无可质证，只好一同探问一个过路的人。那人望了一望，回答道："什么也没有。匾还没有挂哩。"我想，在文艺批评上要比眼力，也总得先有那块匾额挂起来才行。空空洞洞的争，实在只有两面自己心里明白。

论世知人

在书市上，常是名人传记受人青睐，同样地，在一般报刊上，捕捉人物生命与生活片段的文字也比较受人欢迎。披文而知人，情味最易跃出纸上。《孟子·万章下》有这么一段话："颂其诗，读其书，不知其人可乎？是以论其世也。"原本说的是：了解一个人的作品，还得明白作者是个什么样的人；要明白作者是个什么样的人，就还得研究他所处的时代背景。这话，日后缩节成"论世知人"，也用来指称议论世事的得失，鉴别人物的高下的活动。

此处说"论世知人"，则是为了提出一个概念：无论描写多么平凡的人，都会因为带入了时代特征而让那人物立体鲜活，即使所谓的时代并不关心个别的人物。

个别人物（尤其是亲人、家人、爱人）不好写，常在于作者与传主亲近密切，难以客观耙梳。用情愈深，走笔益滞，失去了观看的距离，更不容易、也不习惯将之"位置"在一个他自己的背景之中。

毛尖写评论十分犀利，写人物亦冷隽，但是这一回写的是父母，热则不能免俗，冷则不近人情，更见难度。《老爸老妈》文长三千字，归结成寥寥数语，也就是文中的这么几句："老爸老妈，在集体生活中长大，退休前的家庭生活也是公共生活一样，当历史插手突然把他们推进一百平方米的屋子，当他们只拥有彼此的生活时，他们才真正短兵相接。"从"公共生活"过渡到"只拥有彼此"，让我们看到了一代人拥有和表达感情的方式，于是老爸老妈不只是毛尖的父母，还是历经那"把自己献给工作"的亿万男女——即使出身不是上个世纪中大陆地区的台湾读者——也可以约莫体会"爸爸妈妈所做的唯一私人的事情，就是生下了我和姐姐"中微酸带苦的趣味，以及"现在年纪大了，终于老爸过马路的时候会拉起老妈的手。不过等到了马路那边，他马上又会放开手，好像刚才只是做好事"中的甜蜜与压抑。

细心的读者还可以玩味毛尖用笔细腻多姿，文章开篇第二段描写的是她的儿少时代，所以会用"然后"、"然后"、"而平时呢"之类天真稚拙的口语，其下岁月飞逝，二老告别公共生活，开始进入小家庭的晚年，而毛尖的修辞也逐渐老熟而冷峭。在许多看似寻常琐碎的日常细节中不断提醒读者：即使在被高度压缩和制约的现实生活中，夫妻的情义竟是在通过两种扞格不入的"美学原则"（"爸爸重形式，妈妈重内容，一辈子没有调和过"）的不断碰撞，而更加巩固绵延。

《峭壁上的老山羊》写的是马哥，一个亲近的朋友，也是和我一起工作多年的伙伴。马哥犹在壮年，却因工作意外而过世。我受丧家嘱托，在告别式上报告马哥一生行谊。这篇文章所掌握的，差不多是我另一篇文章的标题："眷村了弟江湖老"。马哥没有混那狭义的江湖，但是他从很小的时候起，就经常离家，离开熟悉的生活、一个人到远方陌生之地，总是与现实格格不入，却总是在帮助他人。行文之际，我不断地提醒自己：马哥不是一个人，而是一代人。

那是哪样的一代人呢？

那一代人有一种不着边际的高傲：他们出身社会边缘，却自觉扛负着一个国族的核心价值，可是生活、理想、梦都在远方，只有不断向未知之地行去，才能踩踏在尊严之上。我没赶上那一代的末班车，差个几年，可是这中间有一段适合观察、见证的距离，使我能够书写。

例1

老爸老妈

毛尖

叫着叫着，爸爸妈妈真的成了老爸老妈。一辈子，他们没有手把手在外面走过，现在年纪大了，终于老爸过马路的时候会拉起老妈的手。不过等到了马路那边，他马上又会放开手，好像刚才只是做好事。

老爸老妈有一个上世纪六〇年代的典型婚姻。妈妈去爸爸的中学实习，应该是互相觉得对路，不过还是得有个介绍人，然后就结婚，然后各自忙工作。在爸爸终于从中学校长的岗位上退下来前，我没有在家里见他完整地待过一整天。妈妈也是一直忙进修，尤其因为声带原因离开学校转入无线电行业，她就一直在读夜校忙学科转型。我们都是外婆带大的，好在我们的同学朋友也都是外婆带大的，在我的整个童年时代，也从来没有见过哪一家的父母会在星期天，父母孩子一起出门去逛公园。那时候一个星期只休息一天，国家为了电力调配，妈妈所在的无线电行业是周三休息，爸爸和我们是周日休息，当时，全国人民估计都是发自肺腑地认为，夫妻错开休息日是一件非常经济合算的事情，即便在家务上也可以发挥更大的效益。而平时呢，爸爸总是在我们差不多上床的时候才回家，一家人团聚的时间本就非常少，这样，好不容易有个休息天，妈妈要做衣服补衣服，爸爸要接待他的同事和学生，即使在嘴上，他们也从来没有向我们允诺过旅游这种事情。

和所有那个年代的人一样，爸爸妈妈所做的唯一私人的事情，就是生下了我和姐姐。我们都住在外婆家，小姨和姨夫也都住外婆家，小姨负责买，妈妈负责烧，外婆负责我们，男人都不用负担任何责任。爸爸天经地义就回家吃个饭睡个觉，还赢得外婆的尊敬，"男人在家待着还叫男人啊！"在一个大家庭，女婿其实是和丈母娘相处的。而等到外婆家的大院子面临拆迁，爸爸妈妈才突然焦头烂额地意识到，以后，大家得各自独立生活，更令他们感到手足无措的是，他们以后不仅得小家庭生活，还得二十四小时彼此面对。他们都到退休年龄了。

终于，他们有了时间相处，或者说，结婚三十年后，他们告别外婆家的公共生活，开始真正意义上的小家庭生活。

很自然，他们不断吵架。离家多年的我和姐姐就经常接到妈妈的投诉电话。让他去买菜，买回来十个番茄、两斤草头。两斤草头你们见过吗？整整三马夹袋。算了，菜从此不让他买了。买饼干总会的吧？也不知道哪个花头花脑的女营业员忽悠的他，买回来包装好看得吓死人的两包饼干，加起来还没有半斤，却比两斤饼干还要贵。老妈在电话那头叹气，最后就归结到老爸的出身上去，地主儿子，没办法！

没办法的。爸爸重形式，妈妈重内容，一辈子没有调和过的美学原则到了晚年，变本加厉地回到他们的生活中来。离开外婆的大宅院搬入新社区后，妈妈和爸爸各自安排了自己的生活方式。爸爸的房间是国画和名花和新家具，妈妈的房间是缝纫机和电视机和旧家具。妈妈把底楼的院子变成野趣横生的菜地，爸爸把客厅变成一尘不染的书房。妈妈出门不照镜子，爸爸见客必要梳洗，用妈妈的话说，不涂点雪花膏好像不是人脸了。他们总是一前一后地出门，每次都是妈妈不耐烦等爸爸，搞得社区里的保安在很久以后才知道他们是一对夫妻。不过，他们这样各自行动多年后，倒是被爸爸概括出了一种"一前一后出门法"，而且在亲戚中推广，中心意思是，一前一后出门，被小偷发现家里没人的几率大大降低了。

老妈知道这是老爸的花头，不过，她吃这套花头。这么多年，老妈总是让老爸吃好的穿好的，早饭还要给老爸清蒸一条小黄鱼。家里的电灯坏了，老妈换；电视机坏了，老妈修；水管堵塞了，老妈通；老妈是永远在操劳的那一个，而老爸就为老妈做一件事，每天早上，从老妈看不懂的英文瓶子里，拿出一片药，"喏，吃一片。"

老妈吃下这片钙，擎天柱一样地出门去劳动，遇到天气不好，她还不吃这片钙。在老妈朴实的唯物主义心里，钙是需要太阳的，所以，她只在有太阳的日子里补钙。她吃了钙片去太阳下种菜灌溉，觉得自己也和青菜番茄一样生机勃勃。

妈妈在菜园里忙的时候，爸爸看书。爸爸有时也抱怨妈妈在地里忙乎的时间太长，但妈妈觉得，两个人都待在房间里做什么呢？我和姐姐鼓励他们去外地外国看看，但他们从来没有动过心。我有时候想，也许他们还在彼此适应。下雨天妈妈没法去菜园子干活的时候，爸爸就会出去散很长时间的步，他说下雨天空气好，他这么说的时候，有一种老年人的羞涩，然后，他匆匆出门，更显得像是逃避什么似的。

老爸老妈，在集体生活中长大，退休前的家庭生活也是公共生活一样，当历史插手突然把他们推进一百平方米的屋子，当他们只拥有彼此的生活时，他们才真正短兵相接。老妈也曾经努力过让老爸学习做点事，两年前，老妈眼睛要动手术，她一点没担心自己，只担心住院期间爸爸怎么办。他让老爸学习烧菜，她在前面示范，老爸就在后面拿本菜谱看，老妈菜刚下锅，他就一勺盐进去了，然后老妈光火，不欢而散后，老妈就在手术第二天，戴着个墨镜回到厨房做饭烧菜。我和姐姐说我妈命苦，小姨却觉得，要不是我爹，我妈没这么快好。那是一代人的相处方式吗？不过老爸拍的老妈戴墨镜烹制红烧肉，虽然魔幻现实主义了一点，确是很有气势。

今年是他们结婚五十年，我和姐在饭桌上刚提议要不要办一个金婚，就遭到了他们的共同反对，好像他们的婚姻上不了台面似的。五十年来，爸爸从来没有买过一朵花给妈妈，有一段时间，他在北京学习，他给家里写信，收信人也是外公外婆，他从北京回来，也没有特别的礼物给妈妈。爸爸说你妈只喜欢油盐酱醋，买什么都难讨她喜欢。她也几乎不买新衣服，爸爸不要穿的长裤，她会改改自己穿，家里两个衣橱，爸爸的衣服倒是占了一大半。每年梅雨过后，我们有个习俗叫"晾霉"，也就是挑个艳阳天，把所有的衣服被子全部晒一遍。小时候我们很喜欢晾霉，因为会晾出很多婴儿时期的小帽子小鞋子，家博会似的，爸妈年轻时候的衣服也会晾出来，爸爸的衣服就明显要比妈妈的多。妈妈只有一件碎花连衣裙特别宝贝点，这件衣服不是她结婚时候穿的，也不是爸爸买给她的。我和姐姐在青春期的旖旎想象中，一直把这件衣服想象成一件特殊的礼物，来自妈妈结婚前的某个恋人什么的。很多年以后帮他们整理老照片，才发现，这件衣服是妈妈在爸爸学校实习时候穿的，他们六个实习老师在宁波四中门口的照片，笑容都看不太清楚了，但小碎花裙摆在飞扬，妈妈那时候一定非常非常快乐。

是为了这一点快乐吗，妈妈伺候了爸爸一辈子，爸爸也心安理得地接受了一辈子的伺候。常常，晚饭的时候，爸爸被匆匆而来的同事叫走了。常常，本来说好一家人去看电影的，外婆说，不等你爸了，给邻居阿六去看吧。常常，家里有人生病需要个男人的时候，都是小姨夫请假。常常，我们也看不过去的时候，会跟妈说，没想过离婚吗？老妈没想过。跟小津电影中要出嫁的姑娘一样，她把小碎花连衣裙收起来放进箱子的时候，她就把自己交给了另一道口令，这个口令没有她撒娇或任性的余地，这个口令让她厕身于一味付出的传统中，她实在生气的时候，还是会把晚饭给爸爸做好，因为骨子里她跟外婆一样，觉得一个男人是应该把自己献给工作的。

这是我的老爸老妈。他们现在都快八十了，因为爸爸做了虚头巴脑的事情买了华而不实的东西，还会吵架，吵完妈妈去菜园子消气，爸爸继续等妈妈回来烧晚饭。这辈子，爸爸只学会了工作，没学会当丈夫。不过，当我翻翻现在的文艺作品，影视剧里尽是些深情款款的男人时，我觉得我父亲这样有严重缺陷的男人，比那些为女人抓耳挠腮呕心沥血的小男人强多了。而老妈，用女权主义的视角来看，简直是太需要被教育了，但是，在这个被无边的爱情和爱情修辞污染了的世界里，我觉得老妈的人生干净明亮得多。

（本文由毛尖女士授权收录，首发于《艺术手册》杂志二〇一五年九月）

例2

峭壁上的老山羊——关于马哥的一点回忆

这是一篇我们这些家人、亲戚、朋友、同学和同事聚集在一起为马哥送行，同时也一起重新记忆以及回想马哥的文字。

熟悉马哥的人一定可以想象到马哥看见我们郑重其事地跟他道别，他会有多么不自在，可是有些言语如果不能及时说出，可能再也不被听见。马哥也许要破例接受一次这样正式的致意与致敬——趁他离我们还不算太远的时候。而且，我斗胆揣测马哥的心意，他一定不喜欢我们使用"在天之灵"这样的字眼，他会说"在天之灵"太远，"我哪有跑到那么远？搞什么！"是的，我们更记得，在我们身边的马哥总不安分，但是他也总舍不得离我们太远。

几个月之前，在一次朋友的家庭聚会上，马哥追着问一个不满三岁大的小丫头和她五岁的哥哥："你将来长大要做什么？"问了好多声，孩子们把拒绝回答当作是同马哥玩耍的游戏方式，马哥有点儿急，可是最后似乎不得不欣然接受这种回报；急切的热情遭到率意的轻忽，这似乎是他的宿命。

这情境立刻让他的老朋友们想起多年前马哥到南部出差，深夜路经高速公路收费站，他在缴交回数票的时候顺口问候了一下那值夜班的小姐："这么晚了，还在当班，辛苦了！"当下他所得到的回报是："干你屁事呀！"马哥的家人和朋友们在回忆起这一段往事的时候总不免要揶揄地大笑，以及轻盈地悲伤——这个人生之中转瞬即逝的小小片段，似乎道尽了马哥一向以来的处境。马哥总有用不完的热情，慷慨地交付给不管哪个值得或不值得的王哥柳哥麻子哥。

我们常在人生见识或遭遇到难以理解、难以接受的现实的时候发出天问："怎么会这样？""按理不该如此"——在马哥的告别式上，我们似乎也不得不这样询问。一个善良、热情、慷慨的好人，怎么就这样忽然离我们远去，而且一去不回？我们似乎不只失去了一个家人、朋友、同学或同事，我们也同时失去了一个人格的典型。这使我们所有在场的人都该回头重新寻索一番：我们所痛惜悼念的，除了一个可爱的人之外，究竟还有些什么？

一九五二年十二月三十一日，马哥出生于台北市的迪化街。熟悉星座的朋友可以立刻想到：马哥是摩羯座，摩羯，一只孤独的、远远地在无人能够攀爬的峭壁上深情款款地注视着世间的山羊；这头山羊心里永远有一个秘密的世界，旁人无论如何努力探求，却始终无从真正得知。

在四五岁之前，就曾经展现过惊人的记忆力和意志力，他曾经独自从我们习称大龙峒的家里，徒步走到杭州南路他父亲的办公室——之前他只去过一次的地方。即使到马哥已经离开我们的现在，仍然没有谁能确切地说明：在那特别的一天里，这个小孩为什么要穿越半个台北市去找他的爸爸。依照不同的方式认识马哥的人一定会有不同的答案；比方说：他只是想试一试自己能不能办到？比方说：他忽然感受到对于父亲强烈而不能克制的思念？或者，这也显示了一个长远而重大的生活态度：对马哥来说，美好的事物总在外面，在远方——而这一次寻找父亲的行动，正是一个暂时性的离家出走？

马哥一家在一九五六、五七年间迁居至板桥福州里的妇联一村，到一九五七年再度迁居至内湖。我们当然可以如此相信：马哥可能很喜欢这样的搬迁。他有个囗的乡野生活，充盈着捕蛇、抓虫、采葡萄、摘芭乐的活动——有类似经验的朋友一定知道：这样的游戏在合法与非法之间——你的童年是否有趣，是得付出相当程度的代价的；你的生活是否具有教养上的意义，也端赖于生活中有没有可贵的冒险。对马哥而言，冒险的意思就是：万一被抓到偷采水果的话要一肩膀扛下来：是我干的。是马哥我干的。

这个顽皮的孩子在还是个孩子的时代其实已经展现了极不寻常的能力，他的记忆力强，活泼、好动，往往是同侪之间的领袖。即使是学业，仿佛也还相当高明。当时还要联考初中，他考上的是位在长春路上的第一志愿大同中学。记忆力好的马哥不应该忘记，在这个时期，他有了好些从来没有过的、迎接新人生阶段的启蒙。他可以弹吉他、学"雷蒙合唱团"、听《学生之音》，可以在大过年的时节故意穿破衣服、旧衣服，可以选择甚至创造许多追求无拘无束、刻意标新立异的生活方式。

这是他的青春期，几乎和一整个战后婴儿潮的前卫青年同步的青春期。还有，马哥！连你都一定很惊讶：如果我们现在问起你的老姊世龄、老弟世中和世统："马哥当年都唱些什么歌儿？"他们会异口同声地哼起："If you miss the train I'm on, you will know that I am gone, you can hear the whistle blow a hundred miles..."

是的，《离家五百哩》。一个对你而言，十分隐密的渴望。你的家人、朋友、同学和同事都知道你是个全心全意恋家、顾家的人；但是到了今天，我们似乎也该有另外一个角度去理解陡峭的山壁上的这头山羊，从来不忍心告诉家人或亲人的秘密：生命中也有很多个片刻，马哥的生活渴望其实是在他方，是在距离他当下处境十分遥远的所在。

回想起来，我们可以调转头对马哥说：我们其实早就应该知道了。初中毕业之后，马哥和他的朋友偷偷花掉了应该用来报考高中联招的费用，当时他已经打定主意报考陆军幼校。因为，惟其如此，才能够减轻沉重的家庭经济负担；惟其如此，才能够减少父母对教养环境的忧虑；但是，请容许老朋友多作一个解释——惟其如此，马哥也才能实践他生平第一次离开家的追寻。似乎，只有在离开家之后，他才能够一而再、再而三地感受到、享受到回家的喜悦；也只有在离开家之后，他才能够变成他徒步纵贯了半个台北市才见到的那个人——变成像他的父亲一样，一个穿着戎装的人。

马哥可能万万没有料想到：军队并不是家的分部、并不是家的延伸、军队甚至并不是家的隐喻。纪律的要求在一个十五岁少年的身上冲撞到一种顽强的坚持，对于任何一个人来说，这都可能是一个无解的难题，我们实在不太能判断：服从的天职与自主的探索，群性的力量与独立的敏锐，究竟是哪一种追求比较可贵？哪一种选择比较接近终极的价值？一个活在十五到十八岁之间的少年亦复如此。

但是马哥有他更果敢的作为：几乎是出于一种蓄意为之的态度（比方说带领着同学爬到高高的树上抽烟、比方说故意让宪兵抓到他戴假发跳舞），他就这样跟军队的教养机制道别了。在幼校结业的学业成绩，他得到了八十六点几的分数，但是就作为一个军人，校方给予了"品质特性不及格"的评断，是以马哥失去了直升官校深造的资格——当时，十八岁的马哥曾经跟亲近的人表示：军中太黑。在饱经世故的人看来，这话像是一般的常识，然而，容我们不带一点政治立场地说：日后，我们终将知道，军方对于马哥的评断成了天大的讽刺；而他对军队的评断却庶几近之。

一九七三年，马哥还是得重新入伍当兵的。这一次，体格帮上了大忙，给了他一个平反冤屈的机会。马哥成为海军陆战队两栖侦察连的一员，服役期限三年整。在一九七六年夏天，六月下旬袭台的 Ruby 台风使得旗山的楠梓仙溪暴涨，当时退伍在即、身为上等兵的马哥打着赤膊、穿着红短裤、扛着橡皮小艇，奉命到河边的低洼地区，去抢救受困的老百姓。家人们都还记得，马哥失踪了一两天，就在部队几乎要向家人发布死亡通知的时刻，马哥忽然出现了——打着赤膊、穿着红短裤、扛着橡皮小艇回来了——而且，还完成了救人任务。

当时，他是个文书兵。马哥喜欢这个工作，因为在南台湾酷暑而偶有微风的天气里，他可以打着赤膊用一点儿也不符合他长相的娟秀字迹抄写文件，不伤脑筋。然而这时候麻烦来了，他没有正式的军服——他却非得找一套来穿上不可，因为他当选了一九七六年的军队英雄——非职业军人而膺获此一殊荣者，马哥是第一人，恐怕也是最后一个。（据说，退伍之后的马哥在台风天总是会大展身手，至今让家人说来还半是骄傲半是气——马哥总是抢着先去安置邻居的老人家。关于这一点，没有人敢说马哥是不是应该好好检讨检讨。）

如果马哥从此就老老实实待在家里、待在村子里的话，他就不是马哥了。此时的马哥已经有一种完足的气质，好像人人都会叫他一声马哥似的——有时候我们甚至怀疑，连他的姊姊或家中的长辈是不是也会叫他马哥。他没有混过一天太保，没有加入过一个帮派，但是在便宜上永远先人后己、在苦难上永远先己后人的惯性似乎让马哥赢得了黑白两道长远的尊敬。他还是那个总在望着远方、尝试标新立异、渴望无拘无束、强烈追求自主的人；他也还是那个不按牌理出牌、话多、意见多、常常说多了后悔但是还是先说了算完事的人。但是，他已经是个大人了，他要干些什么呢？

请容我先岔出去说一说先前提到的一个孩子。在决定要为马哥写这篇文字的那一天晚上，我用同样的问题问那个当初始终不肯回答马哥的孩子："你将来长大要做什么？"那孩子想了想，跟我说："我要在百货公司的玩具部帮其他的小朋友组装乐高玩具，让他们带回家玩。将来那小朋友如果还要改变设计，也可以再回到玩具部来找我，我会给他新的设计图。"我说："你不错，你是个好孩子。"这孩子要是当初这么跟马哥说，马哥一定也会这么说的。马哥自己的工作，其实跟一个"在百货公司玩具部帮其他小朋友组装玩具"的人差不多——玩具不必是他自己的，设计图也尽可以给人，可他也挺高兴。

经由眷村里干武行的老朋友猪八的介绍，马哥开始跟着中影的灯光老师傅阿标干学徒。在这一段学艺的生涯之中，马哥究竟怎么干活儿？怎么卖力气？怎么吃饭？怎么睡觉？吃了些什么苦？过的什么日子？其实日后跟他一块儿工作过的朋友都不会感觉陌生——因为，即使马哥当上了正式的灯光师，甚至也当上了别人的师傅，他依旧跟个学徒似的傻卖力气，一直到咽下最后一口气为止。

然而在工作上，他始终缺少而真正需要的，其实是了解他的专业而信任他的导演。马哥曾经不止一次地跟他的朋友提及徐克，徐克在拍《蝶变》的过程中，正式将马哥由灯光助理升成灯光师，马哥不会忘记，也老是提醒他的朋友——所以我们比较熟识的人从来不在马哥面前批评徐克的做人和作品。

马哥也常提到一位因为合作拍摄环球小姐选美赛事而结识的澳

洲导演——很抱歉我们无法得知他的名字 ——这位导演似乎也是马哥的伯乐之一，他曾经十分郑重地邀请马哥去澳洲工作，但是马哥婉拒了那份既能赢得专业尊重、又能赚取高薪报酬的诱惑，因为他舍不得离我们太远，也因为他毕竟还有另外一个半专职的工作，无人可以取代：他随时要回家帮老娘打屋里的蚊子——要打到一只蚊子都没有才能放心；别人，没法做得像他一样好。

如果把马哥全职的灯光师工作比喻成替别的小朋友组装属于"他们"的玩具，应该是有几分恰当的。无论是电影、电视剧、现场转播活动，灯光师总是置身于黑暗之中，点亮演员、导演甚至制片人或观众的光环；作品也永远是"别的小朋友"的。就这一点看，马哥的性格上很过得去，他从来没有计较或争执过名利方面的什么。凡是同马哥共事过的人都该记得，他要的就是一份舒服自在、无管束、不受监督也不监别人的督、不依规定打卡上下班也决计不至于打混摸鱼，还有就是不开会——我们有理由相信马哥连今天这样的会也是不想开的。

就我们的记忆所及，在工作上，不论导演要什么样的灯光，只要能把感觉向马哥描述清楚，他会做到百分之一百或者百分之一百以上。就算导演说不清楚，他也能一次又一次地帮助导演试算出自己究竟感觉对了还是感觉错了。可是，到了争取攸关于养家活口的福利的时候，马哥似乎只会在关键时刻牺牲自己，免得那些比他收入低、负担大的同仁受累。这话不是随便说的——当年超视裁减员工，马哥苦恼着三天睡不着，最后是马嫂珊珊的体谅和建议帮助他做了痛快的决定——他把自己裁掉了。

我们失去马哥这个人之后，最为切身的感受，应该不只是失去了一个亲人、一个朋友、一个同学或同事，请容我丝毫不夸张地说：我们失去了一个非凡的典型，也失去了一种深刻的教养。这种典型和教养也许来自历经了卓绝艰苦的父母，也许来自饱受过忧患刻蚀的时代，也许——也许不假外求，就像当代的一位小说家东年所形容的那样——也许来自一个"原人"自身。东年用"原人"这两个字形容马哥是在十多年以前；由于拍摄电视节目的关系，他们有过短短三天的接触，我们的小说家敏锐地道出了他的结论："这个马哥是个'原人'，我已经很多年没有见过这么纯洁的人了！"

　　在马哥的世界里，的确有一个神秘难解的部分。我们不知道：怎么会有一个人倘若一顿饭没有面食，这一天就算没吃饱？我们也不太知道：怎么会有一个人一再地、故意地断送掉他辛苦争取来的学业或事业机会？我们也未必能够猜得出，为什么一个从来不过情人节、不过结婚纪念日、甚至几乎不为妻子庆生的丈夫，能够在过往的十七年间，无论晴雨、每天接送妻子上下班。我们大概也不会了解：站在黑暗而风声肃飒的快速路桥柱上、高举着十尺长的灯杆、为一个小明星打光，还能忍受她一再忘词儿吃螺丝而丝毫不以为意的马哥，究竟是怎样看待他所服务的这个世界。

　　但是我们大约永远不会忘记：他经常跟他的朋友说："你觉得爽就好。"通常这意味着他已经觉得不很爽了；他也经常跟他的工作伙伴说："你觉得过得去就好。"通常这意味着他已经觉得过不去了；他更经常跟这个世界说："大家高兴就好。"如果大家真的都高兴了，通常，马哥也高兴了。

今天我们在这里重新感受一下马哥，重新回味一下马哥，重新认识一下马哥，知道他的善良体贴出自一种天生就要站在弱势者前面捍卫什么的价值感，到底那是一种什么样的价值感，也许我们和马哥都说不清楚。然而，当我们觉得怜惜、当我们觉得伤痛、当我们觉得遗憾的时候，我们也同时知道：像马哥这样的人正逐渐稀少着了。我们在此时向遥远的、陡峭的山壁上再看一眼，看见那只老山羊也还依依不舍地望着我们；这一次，他逃家的渴望算是彻底完遂了，但是请相信我——像他这样的老屁股，并不会离我们太远的；他舍不得！

李白大惑不解

从开始编写这本书起，我例行的长篇、中篇小说和其他时论文字都放空了，今天早上打了个盹儿，朦朦胧胧发觉两年多来天天在我书房打转的李白还晾在我书桌对面。我居然一上午没理他，只顾着写令我满心焦虑的文章，这种与时事实务牵动紧密的文章大约没有传世的价值，李白则大惑不解。

"胡为而作此文？"

"胡"在此处是指"为什么"，李白的意思是：你为什么写这篇文章？听来虽然并不是指斥我胡作非为，不过比起应该写的《大唐李白》、或是应该交稿的《西施》音乐剧歌词来说，这种检讨高中、大学入学考作文的东西实在没什么价值。

我只好这样回答他："《诗》曰：'微君之故，胡为乎中露？'《礼》曰：'夫古之人，胡为而死其亲乎？'《汉书》曰：'胡为废上计而出下计？'君谓仆'胡为'，盖何所指？"

李白极不耐烦地说："某身在贱贾，向不能与科考，而心雄万夫，不碍鸿鹄之行。汝锱铢于考制细故，白首而后，犹不能穷一经之旨；千言俱下，复不能干群公之政，何苦来哉？"

我只好搬出勉强能够同他一较地位的老古人来说嘴："王安石有论：'天下之患，不患材之不众，患上之人不欲其众；不患士之不为，患上之人不使其为也。'故权伸螳臂，以挡公车，勉为其难而已。"

"拗相公"这几句话的意思，原本是提醒帝王：宜深切反思自己用人的动机，世上的人才不可谓不多，人才之进取不可谓不切；但是主政者权衡士子、陟黜官僚，一旦用错了手段，反而会使干才一空、良骥不前；有时所取、所用之人，还恰恰是群奸群小。今天的人不相信文章和思想的价值，可是道理就是道理，没有时尚流行为然否的问题。

"王安石何人？"

"汝生也早，彼生也晚，两不相及。"

"论固甚佳。"李白接着说，"'患上之不欲'、'患上之不使'，此千古之大患，古今皆然。"

"有解乎？"我问。

"无。"

"某作一文，万人追踪，千人按赞，仍无解乎？"

"何谓按赞？"

"欢喜同意也。"我猜想：英文的"like"就是"喜欢"，则翻成"欢喜"也不算错吧？

"欢喜同意而不免于患，直是无解。"李白道，"汝小子胡为乎？胡为耳！"

我应该就是这样被骂醒了。但是——当我醒来时，恐龙还在那里。

你要考什么

我可敬的媒体界朋友夏珍曾在一篇专文中如此写道：

> 算一算，台湾政治开放后二十七年中的十一位"教育部长"，没有一位是名气冠全台的建中毕业，勉强搭得上"明星高中"的只有四位，毛高文和杨朝祥是师大附中毕业，郭为藩是台南一中毕业，还有曾志朗是高雄中学毕业，现任的蒋伟宁是复兴中学毕业，其他诸如吴京是台东、吴清基是北门、杜正胜是冈山、郑瑞城是宜兰、林清江是虎尾、黄荣村是员林高中，不都是领航教育的人才吗？可偏偏没人信。

我不由得放声大笑了——如果我是迷信明星高中出伟大人才的那种人，至此不免恍然大悟：怪不得我们的教育会迷航到这个地步。

谁都知道明星高中和非明星高中都会出人才，而真正的人才也都可能是不世出的，未必与高中之亮眼与否有关。时下问题的本旨是教育环境整体的崩坏，有人认为升学主义是罪魁祸首；有人强调教改实验才是巨憝元凶；有人更质疑：问题出在欲拒还迎、半推半就却想要包山包海、面面俱到的摇摆政策，让人无所适从；也有很多人已经看穿了，过往多年以来，那些匆促登程、边走边唱而不免父子骑驴、捉襟见肘的急功短视，并不能解决基础教育在知识大爆发时代必须面对的许多矛盾。

我们必须一点一点清理这些纠结不清的矛盾，尤其是让参与学习的主体——也就是孩子们——也充分意识到教育环境里加诸他们身上的这些矛盾，他们才有机会真实面对并做出选择。

那么，请让我由"你到底想考什么？"说起。

今世之作文考试被譬喻为千年以来之八股，而谓科举一直没有灭绝；其根本的原因在于我们这个文化体还完全不能摆脱"附和题目"的思维习惯。也就是说：作文题不是让学生"发挥"的，而是让学生"阐扬"的。

我的一位脸友（也曾是高中会考考生）庄子弘传来的作文六级分考评标准如此：

级分	评分规准	
六级分	六级分的文章是优秀的，这种文章明显具有下列特征：	
	立意取材	能依据题目及主旨选取适切材料，并能进一步阐述说明，以凸显文章的主旨。
	结构组织	文章结构完整，脉络分明，内容前后连贯。
	遣词造句	能精确使用语词，并有效运用各种句型使文句流畅。
	错别字、格式与标点符号	几乎没有错别字，及格式、标点符号运用上的错误。

五级分	五级分的文章在一般水准之上，这种文章明显具有下列特征：	
	立意取材	能依据题目及主旨选取适当材料，并能阐述说明主旨。
	结构组织	文章结构完整，但偶有转折不流畅之处。
	遣词造句	能正确使用语词，并运用各种句型使文句通顺。
	错别字、格式与标点符号	少有错别字，及格式、标点符号运用上的错误，但并不影响文意的表达。
四级分	四级分的文章已达一般水准，这种文章明显具有下列特征：	
	立意取材	能依据题目及主旨选取材料，尚能阐述说明主旨。
	结构组织	文章结构大致完整，但偶有不连贯、转折不清之处。
	遣词造句	能正确使用语词，文意表达尚称清楚，但有时会出现冗词赘句；句型较无变化。
	错别字、格式与标点符号	有一些错别字，及格式、标点符号运用上的错误，但不至于造成理解上太大的困难。
三级分	三级分的文章在表达上是不充分的，这种文章明显具有下列特征：	
	立意取材	尝试依据题目及主旨选取材料，但选取的材料不甚适当或发展不够充分。
	结构组织	文章结构松散；或前后不连贯。
	遣词造句	用字遣词不太恰当，或出现错误；或冗词赘句过多。
	错别字、格式与标点符号	有一些错别字，及格式、标点符号运用上的错误，以致造成理解上的困难。
二级分	二级分的文章在表达上呈现严重的问题，这种文章明显具有下列特征：	
	立意取材	虽尝试依据题目及主旨选取材料，但所选取的材料不足，发展有限。
	结构组织	文章结构不完整；或仅有单一段落，但可区分出结构。
	遣词造句	遣词造句常有错误。
	错别字、格式与标点符号	不太能掌握格式，不太会使用标点符号，错别字颇多。

一级分	一级分的文章在表达上呈现极严重的问题，这种文章明显具有下列特征：	
	立意取材	仅解释题目或说明；或虽提及文章主题，但材料过于简略或无法选取相关材料加以发展。
	结构组织	没有明显的文章结构；或仅有单一段落，且不能辨认出结构。
	遣词造句	用字遣词极不恰当，颇多错误；或文句支离破碎，难以理解。
	错别字、格式与标点符号	不能掌握格式，不会运用标点符号，错别字极多。
零级分	使用诗歌体、完全离题、只抄写题目或说明、空白卷。	

（参见 http://cap.ntnu.edu.tw/exam_3_1.html）

由此可知，无论教育主管机关费尽多少唇舌文饰其拥护八股取士的居心，却仍受到考生的唾弃，这是因为孩子的生活、情感和思维从不可能因"附和题目"而真正展开，教育者也不可能透过一种寻求附和的方式真正发现下一代人生的自主追求。

说到"附和题目"，我想起近日邻家小姑娘的两句至理名言。这孩子十四岁，和我的女儿同班，平时就是个努力奋发、名列前茅的好学生。我只知道她功课好，没有想到她还有顽抗主流的个性。针对《我看歪腰邮筒》这种作文考题，她是这么说的："你要考的是我阅读理解的能力，而不是你理解文章后，考我知不知道你的想法。"

年初大学入学考试中心寄发成绩单的第二天公布，二○一六年英文作文有仅一人满分，国文作文则依旧无人满分，最高分为二十六分，一人独得；但零分有二千二百四十人（较前一年的一千五百九十三人增加六百四十七人，创近五年新高）。

看到这条新闻，家长学生们会怎么想？孩子的"作文能力"急速地变得低落了吗？我却不是这样想的。作文分数如此明显偏低——不要牵拖或忧心了——承认罢，问题出在题目！

至于学生的语文能力是否需要进一步地锻炼？如何锻炼？那是一个艰巨而长远的工程。国语文教育工作者如果只能从考试分数表现下判断，反而忽略了《我看歪腰邮筒》这种随着媒体话题炒作而起舞的题目根本无法甄别学子的思考和表达。

多年以来，每逢大考过后，媒体总会用一种笼统的标准讨论作文题，一言以蔽之，曰："生活化。"但凡是题目看来"不说教"、"不八股"而能让学子"就日常经验取材发挥"，便是值得鼓励的好题目。随手举几个例子：《面对未来，我应该具备的能力》（二〇〇一年会考）、《来不及》（二〇一三年基测）、《在成长中逐渐明白的一件事》（二〇一一年基测）、《常常，我想起那双手》（二〇〇九年基测）、《漂流木的独白》（二〇一〇年学测）、《走过》（二〇〇六年学测）、《想飞》（二〇〇六年指考）……花样很多，总之是抒情、叙事、立论皆宜者为佳，好在大家的题目都一样，维持着公平的体面，还不能流露出制约学子思想的意图，似乎能让所有的人都就近取义、俯拾而得，便成就了功果。

根据大考中心自己订定的标准，零级分是："使用诗歌体、完全离题、只抄写题目或说明、空白卷。"现在出了一个作文题目，搞得二千二百四十人拿零分；这是什么意思？这些拿零分的孩子都写了诗歌？还是都"没看过歪腰邮筒"？或者要怪他们都"不注意时事"？或者要怪他们都"不懂得审题"？

出题者的动机昭然，他们很想迁就风灾过后一时在网络社群媒体上发酵热议的气氛，让题目显得平易近人，带点讽喻的趣味，甚或还期待孩子们对于这种一窝蜂的社会景观有所反省、有所批判。那么，到歪腰邮筒边拍照的人们，与出歪腰邮筒题目的人有什么差别呢？不都是一窝蜂吗？好了，果有对此题深刻反思的学子，是不是要冒一个风险：这题目不也是歪腰现象的一环吗？出题的老师难道要我把这份作文也引入那可笑的庸俗热潮之中去吗？

前文曾说过一个谢材俊跟我说的故事（参见《齐克果句法与想象》）。材俊的二哥念中学的时候（怕不也是五十年前的事了），老师出了一个作文题——"从台湾看大陆"；谢二哥班上有位同学如此写道："看不到。"他说的是实话，真看不到。出题的人希望写作的人说这样的实话吗？在歪腰邮筒的题目上，应该没有思想检查的问题，可是，交白卷或来不及交卷的人里面，有没有想透了这问题，却真不知道如何在不危及自己分数的前提下动笔的呢？那你还不如出一个题目，就叫《来不及》呢！三年前就出过的。

我曾经在脸书上出了两个题目：《我有一个白日梦》和《狗咬尾巴团团转》，人们一定以为我又在开玩笑、闹俚戏，实则不然；比起过去多年来台湾各级考试的题目来看，这两个题目都好得多，好在哪儿？好在不使人有心附和。再举个例子：对岸的陕西、河南，在二〇〇七年全国高考时出过一个考题：《摔了一跤》。我反复思之，觉得出题者确乎是有心人——这也是可以让考生们尽情发挥的题目，即使据题而故作励志教训之语，也很容易甄别出行文伧俗与否。

出题考试不是仅仅要求"生活化"、"易表达"、"旨意明朗"而已，出作文题也要避免诱拐学生说空话、造虚语、卖弄陈腔滥调的常谈。尤有甚者，更应避免让学生程式化地调度修辞法则、沿用大量成语、背诵以便引述许多用意"放诸四海而皆准"的嘉言名句。可是，我们的六级分作文标准恰恰背道而驰。这是因为我们那些教育界的领航者及其专家顾问完全跳脱不出令学生"附和题目"的陋习。这些领航之人只想复制自己看似成功的学习经验或授业传统，误以为文从字顺、人云亦云的写作再加上些华丽亮眼的辞藻，就成功地落实了文教。

我不得不跟这些人耳提面命一声：你连题目都不会出，凭什么考我作文？

图书在版编目(CIP)数据

文章自在 / 张大春著.
— 桂林：广西师范大学出版社, 2017.1（2020.11重印）
ISBN 978-7-5495-8761-2

Ⅰ.①文… Ⅱ.①张… Ⅲ.①散文集－中国－当代

Ⅳ.①I267

中国版本图书馆CIP数据核字(2016)第221112号

本书简体中文版由作者张大春授权出版

广西师范大学出版社出版发行

　广西桂林市五里店路9号　邮政编码：541004

　网址：www.bbtpress.com

出 版 人：黄轩庄

全国新华书店经销

发行热线：010-64284815

肥城新华印刷有限公司　印刷

开本：880mm×1230mm　1/32

印张：9.125　字数：150千字

2017年1月第1版　2020年11月第4次印刷

定价：48.00元

如发现印装质量问题，影响阅读，请与出版社发行部门联系调换。